地獄谷

Tē-ga̍k-kok

台語小說集

王羅蜜多 著

目錄

代序
鄉土文學的深化佮新國族文學

胡長松

　　王羅蜜多是活潑的詩人，現代詩的成就誠懸，佮真濟詩社團攏有真好的互動。近期伊成做真有成績的小說家，2016 年，伊完成第一篇台語小說〈台灣維基：選舉虎〉，隨就得著台文戰線文學獎的小說頭賞。一出手就有按呢的好成績，非常驚人。伊誠 gâu 寫政治、社會的現實，筆尾詼諧、諷刺，是我完全寫袂出來的台灣風俗圖（浮世繪）。佇台灣，有法度描寫遐爾精彩的台灣風俗圖的鄉土小說家誠少——當然，彼嘛是別款語言寫袂出來的小說畫面。王羅蜜多敢若毋捌用華語寫過小說，一寫，就用台語寫，閣四界得著大獎肯定，予我誠敬佩，嘛欣羨伊生成就有的小說筆。

　　台文戰線文學獎頭等（第一名）的作品〈台灣維基：選舉虎〉，是寫兩位國民黨議員候選人的其中一位按怎攢錢買票競選的經過。過程寫甲不止仔詳細嘛不止仔緊張，可見作者對國民黨買票有相當深入的熟似。最後這兩位國民黨議員煞予一位無買票的民進黨少年人拍敗，雙雙落選，這是這幾年選舉的真實狀況，是一篇紀實性誠強的小說。這篇小說嘛顯示台灣文學杳杳仔無閣

寫台灣人的失敗彼面，翻頭來寫勝利面的現象，算是誠有意義的一篇小說。小說文字的台語純正，有厚實的台灣味。人物描寫方面，因為集中對一位國民黨議員做描寫，予這位議員變甲相當具體，會使顯出這種買票議員的荒誕性、夕看相，予人印象真深，對這个議員的內在、外表的描寫攏誠豐富，非常成功。情節方面，作者採取順序法書寫，有條有段；情節就算非常豐富複雜、高潮起落，作者猶是會使處理甲誠好，誠有戲劇性。

　　成做冊名的短篇〈地獄谷〉，是 2019 台南文學獎小說首獎。嘛是地方政治諷刺小說，寫實的技術全款真好，人物佮環境的描寫攏真幼路。作者寫議長選舉過程，議長候選人共議員押去溫泉鄉「招待」的事件。情節的安排趣味，剪裁適當，予人對頭就想欲一直讀落去。尤其特出的所在，是小說的敘事者對烏暗的地方政治現實有一種超越的眼光佮詩意的評論氣口，比如伊寫：「一間一間酒家上場，那卡西、喝拳，你兄我弟、燒酒查某，春湧拍規暝。無偌久，溫泉鄉變溫柔窟，抑是供體做英雄塚。」這款優秀的文字，予這篇作品佇詼諧中有譴責，嘛傳達出有良知的價值觀。這篇作品浮出佇其他作品之上，是最近幾年台語短篇小說上好的作品之一。咱尤其會當注意的，是這篇小說的文字描寫的功力，比如講這幾段：

　　欲暗仔樓跤用餐後，所有的人攏回房。上樓梯的時陣有人詬詬唸：誠無聊，無揣一寡消遣，強欲起痟矣！莊議員聽著耳

風，就隨共伊房間的眠床挾一爿，撚出空間哄一塊四角桌，頓胸坎自動講欲扦內場予逐家耍甲歡喜。眾議員收著的「料」猶櫼甲橐袋仔膨獅獅，無地透氣，規群做一下陷倚來。

規暝，這間房薰味嗾鼻茫煙散霧，勝過地獄谷，檳榔是改良的北投化石，一粒一粒擲入鐵齒的笨徒喉裡，哺兩三下，竟然也嘔出硫磺水來，這款的溫泉鄉！

無偌久，一群美人魚搖尾溜芳絳絳泅入來，妖嬌的、清純的、躼跤的、肥軟的、長鬃被肩的、金黃虯毛的……一下仔規房間肉體相挾，粉味酒味濫做伙。個用懸椅頭仔楔入去肩並肩的查埔人的空縫，肉芳毛香，鶯燕叫春的聲快速淡開。

個開酒、倒酒、勸酒、司奶，熟手慣練。閣誠自然共手囥佇人客大腿間、胸坎頂，撑持戲弄強欲著起來的慾火。

其中有一个躼跤小姐，肉材白雪雪幼麵麵，面模仔非常甘甜，親像紅歌星白小莉。包括簡議員在內的幾个議員攏掠伊金金相，眼神一直佇伊的喙脣、領頸、胸前捽來捽去。

按呢的描寫，貼近人物佮環境的真實面，有外表，嘛有內在，感官性飽滇，閣有作者觀點的一種詼諧，是典型的王羅蜜多的風俗圖風格描寫。佇目前為止的台語小說創作，這是真誠特出的表現，嘛是水準上懸的台灣社會寫實的小說文字。伊的這種文字，具體展示華語小說猶無法度達到的「仿真」的境界。

〈阿猴〉這篇作品，寫一个本底古意、奮鬥的人，行入地方政壇，按怎予地方黨國政治的惡文化污染，最後墮落佇罪惡深坑的故事，是典型的自然主義的風俗圖彼款的文藝作品。故事中，阿猴的查某囝時常對墮落的主角，發出公義、良知的警告。

〈喙瀾〉是寫一位假慈善家按怎墮落佇罪惡的故事，嘛是自然主義的鄉土小說。這篇小說的江湖風塵對話，活跳跳，已經是典範。雖然是自然主義的作品，這篇佮〈地獄谷〉、〈阿猴〉全款，攏佇墮落的故事內面，囥一个美善佮良知的角色「燕仔」，予讀者讀了袂傷過頭悲觀，加強警世、向善的訴求效果。

〈揖壁鬼〉是一篇歷史小說，牽涉著噍吧哖事件，閣有台灣人佇日本殖民時期的認同困境。技術上，這是一篇雙重敘事的魔幻寫實小說。敘事的空間有兩條線，頭一條線是故事的敘事者，是對現代回顧、反省的敘事空間，另外一條線路，是歷史事件的主線，主角是一位做日本警察的台灣人，伊用日記記落伊參與噍吧哖事件（警方）的心內衝突的心情。這兩條線，透過揖壁鬼的形影佮久年前的日本警察所寫的日記牽連起來，是立體的藝術編織。佇內涵方面，這篇小說有一个重要的所在值得咱思考，是關係日本殖民的現代性佮本土草根的反抗性議題，小說透過彼本日記，共台灣人面對「同化」的反省展現出來，是誠有歷史思想的一篇小說。另外，日記用敢若詩的高密度文字，充滿抒情性，這是真正的詩人才寫會出來的美麗悲劇小說。

〈雙眼〉嘛是歷史小說，全款書寫噍吧哖事件，這篇小說的主

題，是佇身世的走揣頂面。「雙眼」成做噍吧哖主角江定的武器，園佇遮，象徵台灣人咧走揣彼款失去的反抗力量的心志，這是對台灣被殖民歷史有深沉思考的小說。這篇小說採用散文式的鋪排，全款有詩密度的美麗文字。

〈貓霧光〉寫一對大家新婦的特別感情，雖然表面有時會觸喙，毋過因為新婦的體貼佮用心，後來予大家懷念的故事。用意識流的手路，共兩个查某人之間的心理牽挽描寫甲誠幼路、溫暖，嘛顯示出目前家庭結構佮大家新婦的關係寫實的一面。

〈石頭佮鐵枝〉借兩个東引做兵的全梯朋友的故事，寫出 1980 年代彼時外島兵的情形佮部隊官僚的現實面。一幅一幅速寫的筆尾是輕鬆的，毋過，現實面嘛會予人想起彼个時代殘酷的政治現實，是彼个時代重要的側錄。

對以上這幾篇小說，咱大約會當歸納出王羅蜜多上起頭這个時期的小說，主要是這三種類型的作品：第一種，是〈地獄谷〉、〈阿猴〉、〈台灣維基：選舉虎〉這類描寫舊式黨國政治惡質文化的作品，文字有足深的風俗圖氣味佮警示性；第二種，是〈揔壁鬼〉佮〈雙眼〉這款有象徵性佮反抗殖民意識的歷史小說，通常是用有詩意的文字來對比歷史、人情的悲劇性；第三種，就是〈貓霧光〉、〈石頭佮鐵枝〉佮多數極短篇的作品，採取散文式的素描，嘛是對家庭、社會實況的速寫，用有情的文字線條傳達出人間幼路人情的放伴。事實上，這三種類型的作品，攏是台灣對 1970 年代以

來的鄉土文學時常出現的主題，嘛攏是徛佇對土地、對社會、對人民上深刻的關心頂懸。只是，王羅蜜多的作品閣較進一步用台語書寫，予鄉土文學所強調的寫實性，佇伊的作品內面達到過去鄉土文學描寫傳達袂到的現實細節，嘛予讀者上直接、深刻的體會，這是鄉土文學的深化。

　　另外，尤其重要的是，伊的這幾類的作品，讀了後會予咱對台灣的政治佮社會現況，有整體性的理解，讀者一方面掌握著小說之中的台灣人普遍的感情實體，一方面，嘛會對過去外來舊式的黨國政治結構有深刻的體認。我相信，這本小說集，嘛通講是咱台灣新國族文學上蓋可貴的收成之一。伊將會一直留佇文學史，予後來者一直來參考佮研究。

胡長松

2021/10/11 佇打狗

話頭
用母語搜掀土地的記持

　　五年外前開始投入台文寫作，一年比一年較拚勢。窮實，我發現用母語思考，用母語創作，會搜掀出自細漢到今，對出世俗生長的這片土地的記持。佇這个充滿性命經歷佮生活體驗的環境中，有誠濟故事，會一層一層浮上心肝穎。這內底有情節，有對話，有場景，個捌予時間的水湧沖散去，淡薄去，毋過，這馬佇母語的書寫過程中，沓沓仔閣回轉來，變成寫作的資料。這種現象，尤其佇台語小說上明顯。

　　二十外多前，我無意中讀著陳雷的一篇短節小說，受著感動。細漢除了讀冊，台語就是我生活中上捷使用的語言。這篇用台語寫的小說，內底的對話、描寫，參生活中的語言情境是退爾仔鬥搭。彼時陣，心內自發性產生學習台語寫作的動機。不而過，可能機緣猶未到，我佇參加過幾若擺菅芒花讀冊會了後，因為場地移徙，我也無積極去探聽，這葩台語寫作的火種煞閣化去（hua--khì）。

　　二十多後，因為接觸著「台文戰線」，這葩文火閣再著（tòh）起來。起先，寫誠濟台語詩，也誠幸運著過一寡文學獎。閣來，散文、小說，陸續有作品出來。後來愈來愈順手，會使講閒時無

閣日，逐工寫，也逐工共台文作品园上面冊。

　　到今，我的台文寫作較臨二十萬字，已經出版過《鹽酸草》、《王羅蜜多截句》、《日頭雨》、《大海我閣來矣》四本台語詩集，另外一本《台灣史蹟草木台語詩集》已經完成，當咧校正補充。作品中占上濟字數的是小說。

　　五年來寫的小說，雖然無算足濟，毋過經過選擇、整理，也抾出十七篇。其中包括八千至一萬五千字中間的短篇小說九篇，一千至三千以內的極短篇八篇，攏總十萬捅字。內底包含一寡著過文學獎的、佇雜誌刊登的，抑是毋捌發表過的，共集做一本《地獄谷》台語小說集，雖然毋敢講非常豐富，也已經涵蓋政治、歷史、愛情、親情、友情、人性諷刺、奇幻、怪譚等等各種無仝款的題材，逐篇小說的寫法也略略仔有變化。

　　我時常騎鐵馬佇府城玲瑯踅，也定定坐踮超商、飲料店寫作。趣味的是，最近遐顧店的少年家、小姑娘，若輪著我買物件，就換講台語。我心內想，逐工拍拚台語創作，已經有台語面腔，身軀也有台語味矣！出版這本台語小說集是誠重要的一步，日後拍算更加認真寫落去。

王羅蜜多

2021/7/21 寫佇大目降畫室

短篇小說

台灣維基：選舉虎

關於虎，佇維基百科內底，有記載蘇門答臘虎、爪哇虎、峇里虎、大陸虎等等原生種。若準編寫台語的台灣維基，台灣的特殊品種就會有選舉虎、笑面虎、大官虎、胡蠅虎等等，這攏時常予咱用來做比喻，毋過外國人聽較無。

台灣的選舉虎，1970 年左右開始出現。彼當時，國民黨黨國一家，為著表示對本土仁慈，開放一寡議員、鄉鎮長、村里長的職位予台灣人選，只是愛提名才會使選，違紀抑是無黨無派的，毋但落選，下場也無好。可能是無頭路、hông 查稅、烏白檢舉等等，所以普遍全額競選。其中的議員，因為連選得連任，只要黨部主委扶 (phôo) 予好勢，逐屆提名，逐屆當選，五連霸、六連霸……紲落發尾，變做選舉虎。

貓羅鄉出身的議員謝真煌，就是選舉虎。伊的阿爸真好額，聽講阿公捌佇打狗做粗工，有錢就買田地，攏

無講；落尾市內鬧熱起來，政府追查繼承人，才發現好額母知。阿爸變田僑仔了後，看這个孤囝頭殼巧巧，嘍閣會轉，就去黨部爭取提名。毋過傷少年，地方有志紛紛抗議；落尾可能錢開有夠，嘛是維持提名，抗議的予頂頭半掣半嚇，攏表示放下個人成見，團結一致。

謝議員就按呢，對 1977 年，三十歲開始做議員，連六屆，已經算是選舉虎矣。但是二十外多來，經過 1986 民進黨成立，1987 解除戒嚴，時代變化，選舉生態也一直無全，對提名保證當選，到甲送齒膏味素，紲落打現金，落尾愈開愈重，選票顛倒愈來愈少。四多前總算高票落選，今年拍算東山再起，重振虎風。

俗語講，鑼鼓若動，轎就發起來。議員選舉閣到矣，謝議員的競選服務處也真緊就徛起來。

競選服務處是柱仔跤提供的。因為過去謝議員幫忙囡仔入去縣政府，對技術單工、約雇，升甲約聘，薪水加誠濟，為著報答人情，就免費提供一間較早開過農藥店的透天厝予使用。這間厝雖然有較舊，客廳無蓋大，不過佇中正路尾，誠淺現，khǎng-páng（かんばん，看板）徛起來，過路人攏看會著。閣過四五百公尺，有一間國中，也是謝真煌的母校，佇遮成立服務處，敢若是傑出校友對學弟的示範。

服務處成立，祝賀的花籃、盆栽窒（that）甲規厝間，花箍沿路排百外公尺。十外塊會議桌頂面攏是檳榔、薰、糖仔餅，佮一

疊一疊的選舉宣傳單。

競選總幹事陳烏西，是前農會理事長，坐佇後面一塊茶桌仔，隨時起來招呼人客。聽講伊毋是眞正扞盤的人，毋過公關眞好，抶（tu）薰、請檳榔，看人講人話，見鬼講鬼話。伊雖然親像笑面虎，坐鎮服務處，卻是眞適合。

這工透早八點外，就有四、五个地方人士佇遮開講。陳烏西用活動 gá-suh（ガス，瓦斯）爐燃（hiânn）水，泡茶招待。

「聽講大枝的這屆會捙足重喔！」東庄的報馬仔阿舍面憂憂：「伊代表主席無做矣，本底無錢通選，風聲阿樂仔贏幾若千萬，這屆是非牢（tiâu）不可！」

「敢按呢？啊，看現現的，若遐有，彼隻 Benz 的就去當店牽轉來啦！我看是借二胎三胎，借甲對地下錢莊去矣，無牢一定愛走路！」榕仔跤阿突的藐視帶有鼻聲，講了閣兼哼一聲。

這屆的選區縮小，三个選一个，競爭非常激烈。一般攏認爲謝前議員佮前代表主席大枝的較有拚，另外一个少年仔，代表民進黨，並無從政服務的經驗。

聽逐家一直咧論，麗佇邊仔的牛埔仔陳，面色黃 phi-phi，有氣無力表示無仝款的看法。

「恁看民進黨彼个少年仔敢無機會？」牛埔陳吞一喙瀾，「我看伊拄才出來，形象袂穤，凡勢有一寡人會投予伊。」

「哎哎唷，鄭志清？我出來選都比伊較有票！少年人，食無

三把薤菜就欲上西天，選舉母是咧食香菇肉焿 neh。」阿突的鼻音愈重矣，「你看，咱謝議員服務六屆，人面遐闊，工課做遐濟，頂回想講免開傷濟，煞予大坪里長刜豬雄仔，一票一千捅去⋯⋯像按呢無錢無人，空喙哺舌，哪有人會投予伊？莫閣戇啦！」

「毋過，像阿扁仔，無村長代表做柱仔跤，嘛無開錢，哪會開遐濟票出來⋯⋯」牛埔仔陳雖然無啥聲尾，嘛想欲閣挕幾句仔。

「莫閣講啦，彼佮議員選舉無仝款⋯⋯」阿舍閘話，「話閣講倒轉來，這屆刜豬雄仔出車禍曲去 (khiau--khì)，是咱謝議員的大好機會。不過，欲下料愛較早，聽講這馬掠買票愈來愈硬。」

「嗯嗯，」一直恬恬咧泡茶的競選總幹事，喀兩聲，「會啦，這屆會足謹慎，袂予失覺察去。嘛拜託逐家鬥揫 (giú) 票，柱仔跤顧予牢！這屆一定愛當選！」

「顧柱仔跤，lái-jiòo-bù（だいじょうぶ，沒問題）！阮附近的名單攏抄好咧等 neh，遐的票齊 (tsiâu) 是謝議員的，脫 (thut) 袂去的⋯⋯」阿舍共總幹事使目尾，像咧暗示兼提醒，毋過，總幹事擽頭共瞭 (lió) 一下，眼神嘛怪怪。

謝真煌自做議員，一直是國民黨提名的。伊時常共「我一世人受黨國栽培！」這句話掛佇喙邊，但是錢愈開愈濟，票愈開愈少，伊對黨產生懷疑，這句嘛愈喝愈細聲，落尾就毋捌閣講矣。

像頂一屆，已經提名了，山仔跤彼箍老芋仔，嘛有開錢請食

飯、請車載投票；想袂到，票予刣豬雄仔買一半去。這也是高票
落選的原因，所以這擺決定毋去提名登記，服務站主任走幾若逝
（tsuā），嘛攏無插瞅（tshap-siâu）伊。不而過，另外彼个大枝的，
扶才入黨閣是烏道的，黨部看伊當選機會無大，最後決定「開放
自由競選」。

　　「自由競選」，黨部攏會講「等距輔選」，這个名稱足好聽，
其實就是「欲食胡蠅家己欱（hap）」的意思。

　　因為毋免配合黨部的輔選活動，謝議員這擺較有時間走場，
聯絡柱仔跤。聽講，選舉欲到，年底好日也濟，捗透早透暗，喪
喜事三十外場，雙跤走甲像熁鼓箸，嚨喉喝甲梢聲（sau-siann）。

　　「唉，有去無一定有票，無去就姦撟，票一定失去！」謝議
員時常按呢講，紲落吐大氣，學跛跤吉仔唱〈命運的吉他〉：「我
比別人較認真，我比別人較拍拚……為啥物比別人較歹命……」

　　講罔講，嘛是愛拚落去，這屆是非牢（tiâu）不可！這幾多無
做議員，柱仔跤予人挖袂少去，愛想辦法重來補。

　　離投票日賰個外月矣，競選總部開始安排按戶拜票。分兩
組，二十外个庄頭按算行十二工。議員部份參加，議員娘佮後生
明泉仔，逐工分開扒（tshuā）隊。講著議員娘，年齡三十七、八，
點脂畫眉穿媠媠，逐家攏知影，這個是二的，大媽早就分居，每
工透早佇菜市仔口賣肉圓。

按戶拜票除了 bí-lá（ビラ，宣傳名片），嘛愛加減送物件。因爲陳定南做法務部長，規定選舉送禮超過三十箍就算買票，所以拜票用的塑膠袋仔，會包一張 bí-lá，一把糖仔或是原子筆、便條紙等等，橫直袂使超過三十箍就著矣。另外，佇拜票進前，會請廚子來煮魯麵，食一大碗袂超過三十箍，食兩碗無人看著，嘛無代誌。不過，暗暗仔開的不計其數，經驗技術好就掠袂著。這方面，聽講操盤的人工夫攏眞厲害。

今仔日下暗六點半欲出發拜票。因爲頭一工，謝議員六點未到就來總部，一一握手拜託。謝議員，中等身材，頭大面四方，耳仔大 mī，標準的福相；毋過五十外歲爾爾，就頭殼心溜（liù）毛溜毛，目尾垂垂，閣揹一圈（khian）bì-lù（ビール，啤酒）肚。尤其喙一開，兩排喙齒烏烏，薰一定食眞大。謝議員穿中山裝，雖然這屆無予國民黨提名，看起來嘛是黨國彼形的。伊倒爿袋檳榔，正爿囥薰，檳榔早就予細姨改掉，是干焦欲請人。

「拜託咧，大力拚落去！這屆一定袂予逐家失望的啦！」謝議員喙仔 hi-hi，拱手行禮。

拜訪隊的成員多數是總幹事透過柱仔跤叫的，部份是後生明泉仔揣的。有老歲仔、oo-jí-sáng、oo-bá-sáng，看來作穡人較濟；閣有一寡少年家，無頭路來趁所費。出去一逝五百箍，加暗頓，無偌濟嘛罔好。

有人佇內部會議中提出，拜票隊的，有的佇大枝的退出入，

有的佇鄭志清遐看過，敢會是 spy ？不過總幹事認為，疑者不用用者不疑，準講是對手的人，會當搶過來，倒抝就兩票矣！

　　按呢，兩組人就嘻嘻嘩嘩出發矣。今仔日的路線是議員娘走東庄，明泉仔去西庄，按算九點半收煞，較袂吵人的眠。議員娘彼組，有柱仔跤出來鬥，速度較緊，不過有時會拄著無愛開門，抑是聽著聲就電火切化去的。有一改聽少年仔佇樓頂喝：「啥物人欲拜票？三號謝真煌？啥貨食真雄？啊哈，bí-lá 擲（tàn）門口就好啦！」聽著真礙耳，不過彼鬥路的柱仔跤照常歡頭喜面，繼續揤電鈴，大細聲喝。有人知影隨後有好空的，就共應講：「無問題哩，阮厝邊頭尾攏聽我的，交代予我就好啦！」

　　明泉仔彼組，閣較 bih-sih，一條巷仔無幾戶開門，真濟電火切化無應聲。明泉感覺佮較早差真濟，只是轉去毋敢講，恐驚阿爸無歡喜，兼會影響士氣。

　　競選總部逐暗十一點，有五个人愛留落來開檢討會。包括謝議員、議員娘、明泉仔、總幹事陳烏西，閣一个就是扞內盤的荣寮義仔。荣寮義仔替真濟人扞過盤，鄉長、議員、立委等等，有當選較濟。伊雖然生做一粒仔団，猴頭鳥鼠耳，但是鬼精鬼精，外號囡仔仙。謝議員較早幾若屆攏予全派系的陳烏西全權處理，這次驚閣失覺察，特別央請荣寮義仔來坐鎮。

　　這擺的議員選舉，照分析，農會派支持謝議員，公所派支持大枝的。議員娘是婦女會理事長，明泉仔兼輔導中心主任、義消

幹部，眞濟系統會當運作。

「這屆欲選連任的鄉長參咱無仝篷，聽講欲損足重的，這馬，thōng 驚就是大枝的坐順風船全面偏（phinn），咱就危險矣！」總幹事首先提出伊的擔憂。

「袂啦，」茱寮義仔鼻空撓（ngiáu）一下，兼用手挼（juê）過，「海添仔我上清楚啦，下面的人逐篷有，伊予大枝的敆（kap）篷，顚倒損失票。我看 thōng 加是予柱仔跤兼去支持大枝的爾爾。」

「不而過，thōng 重要的，這擺的料一定愛提早下，因爲……」蔡寮義仔越頭向謝議員，「最近陳定南鼓勵檢舉買票，掠著議員買票獎金兩百萬，辦著柱仔跤，嘛有五十萬。而且，檢察官攏派來佇分局，指揮警察掠買票。」

「咱的柱仔跤無大枝的退爾仔硬角，恐驚到時有錢發袂出去，就免奕囉！所以……一定愛提早發予出去……」

蔡寮義仔選舉老劍仙，講著眞有理，總幹事頭殼頕（tìm）落無閣講，其他的人攏看向謝議員。謝議員儌暝儌日，看起來虛 leh-leh。

「這屆呃……唉，寄付的人減眞濟。」伊目頭結結，「像山仔跤順基仔厝前水銀燈，過埤仔庫仔的駁崁攏我爭取的，按怎到這陣猶無表示？一寡包商嘛無來，猶咧觀望的款？」

「啥物？投票閣賰月外日爾爾，tsiàng 時講無錢？」總幹事規額頭汗，手攑起來親像欲拍桌仔，閣勼去，「毋通一直等寄付啦，錢發予出去，聲勢浮起來，自然西瓜倚大爿，糧草就會入

來……」

　　總幹事講甲喙角全全泡，謝議員也目頭憂結結，伊伸手拍議員娘的肩頭，「月娥仔……」

　　議員娘知影是咧數想伊的私奇（sai-khia），將手掰走，面無表情。

　　「好啦！我會想辦法！」謝議員規身軀蝹（un）落太師椅，面勼甲賰一个仔。

　　伊雄雄想著虎頭山跤彼塊甲外的田地。自阿爸時代就搭一塊寮仔，時常招地方有志去啉酒泡茶；遐的種作雖然無好，但是日出真婧，阿爸阿母在生時陣定炁伊去，三代單傳的孤囝，阿爸對伊的期待真大，三十歲會當做議員，嘛是佇遐撨出來的。實在是袂使動彼塊地，不而過，緊急時期啊，阿爸嘛無愛我落選，唉！

　　「選舉無師傅，用錢買就有！不而過買票嘛愛有買票跤，愛有時效，既然錢無問題，按呢，」蔡寮義仔目睭金起來，閣挼一下鼻仔，「各系統各角頭的名單緊去收轉來，統計愛用偌濟錢，先領出來囥。」

　　「按呢，這屆一票欲發偌濟？」總幹事坐直起來，掠議員金金相，親像向一座金山，想欲共金仔粉緊刮刮（khe-khe）落來。

　　「頂回發五百效果無好，閣加淡薄仔？」謝議員原在蝹佇太師椅內底，講話軟莎莎（nńg-siô-siô）。

　　「毋通閣勼咧躡咧，欲就一擺發予夠，一票千五。大枝的一定一千以上的啦，初擺發無夠，閣添是加了的。」蔡寮義仔紲落

補充，「柱仔跤愛 5%（pha）工錢，毋通像頂回，有柱仔跤去發五百叫人找五十，訕（suān）死！」

會議總算有結論，扞內盤外盤的攏感覺滿意，只是謝議員佮後生面仔青恂恂，議員娘也憂結結，毋知咧想啥貨。

全這段時間，彼个大枝的，嘛是四界逐錢揣柱仔跤，準備大揤拚。比較起來，大枝的服務處，出入的人較濟，有時規暝無歇，兼有真濟哺檳榔的少年仔。

較無全的是民進黨提名的鄭志清，連服務處嘛無成立，也無規陣人拜票，只是早暗揹彩帶徛踮十字路口，共上下班的人行禮拜託。另外，伊逐暝招一寡青年同志佇廟口演講，喙無勢（gâu）轉，卻是真誠懇。伊這站攏共鄉親講：「志清仔，少年會拍拚，想欲為鄉親服務。我雖然無錢通開，毋過會搖樣仔予逐家抾（khioh），會記得，一千兩千當做福利金，票頓（tìng）予我二號鄭志清。」

搖樣仔予你抾，傳久，連囡仔嘛會曉唸。而且，票愛頓予鄭志清，閣真像阿扁仔較早選縣長就喝過的口號：「提圓頓扁！」這種宣傳口號佇菜市仔、茶桌仔、廟口樹仔跤淡著誠緊，當然會影響心理，不而過，欲產生偌大的作用，無法度估計。照一般選舉師傅的看法，應該空氣票爾爾。

貓羅鄉由幾若个田庄部落敆起來，人口兩萬外。這屆合併隔

壁明井、羊門兩个偏僻小鄉，欲選一个議員。選區十外冬就變一擺，有時四種、三種、兩種合做伙選，改來改去攏有理由，節省經費、避免混亂、配合任期等等，隨在個講，百姓攏無意見。

以貓羅鄉這種草地都市來講，除了做醮，thōng 鬧熱的就是選舉期矣。最近，街路又是旗仔飂飂飛，電柱、樹頭、厝頂尾全是候選人的 khấng-páng。

這馬的候選人愈來愈重廣告，有時干焦選一个村長、代表仔爾爾，khấng-páng 嘛大甲無臭無潲，強欲拄著天。選了毋管按怎，繼續掛四冬，日頭照落閃閃爍爍，眞奢颺，連 bih-sih 佇公園、學校樹仔跤的孫中山佮蔣中正也攏一直怨妒起來。

另外，有一寡暢甲像食著興奮劑的，是遐的無頭無路四界趒、泡茶探消息、做報馬仔、予人看無現（hiān）的，選舉一到就硞硞傱，發宣傳單、摸人聽演講、分物件、抄名單，變成候選人攏愛尊重三分的「超級運動員」。

「聽講大枝的發落去囉，一票兩千箍！」透早謝議員服務處拄才開門，崁跤的阿國仔就衝入來，大細聲喝。

「無可能！一票兩千？想欲走路較緊！」總幹事開喙就共抾。

「我無嘐潲（hau-siâu），佇市仔買菜的阿桑講的，毋信你去問。」阿國仔紲落閣講，「阮兜有七票，這擺攏總欲頓予謝議員，毋通漏去喔！」

　　在座有人相覷喙，因為聽講阿國仔昨昏仝大枝的遐嘛講全款的話，而且逐家攏知影，個兜七票，一票咧做兵，一票去關，其他的，連個某彼票嘛袂聽伊的。不過，選舉期這款人愈來愈濟，應付應付，無需要共得失。

　　投票日愈接近囉，謝議員嘛愈來愈煩惱。虎頭山跤彼一甲外的田園，買主知影急欲現金，行情一分兩百萬，竟然出六十萬，勉強撨甲加五萬，附帶草寮仔會使借用。按呢，較臨 (lím) 七百萬，扣掉人員、文宣、khǎng-páng 種種開銷，才賰五百外萬。買票的名單擉擉 (tiȧk-tiȧk) 咧，閣無夠兩百萬。

　　這暝的內部會議了後，議員娘先去睏，謝議員出來口面欶 (suh) 薰，看月娘。唉，選舉毋捌選甲遮艱苦，政治路真正歹行矣！伊想著較早無黨外、無民進黨的時代，真正喝水會堅凍。只要黨部鋪排好勢，毋是無競選，就是對手軟甲若麻糍；縣政府閣會鼓勵投票，投票率 85% 以上的村里建設獎金五萬。有一寡村長想辦法動跤手，對投票所行出來，額頭閣會發出「忠黨愛國」的光芒。

　　才二十外冬，變化真緊啊！有時提名變無人緣，講著做票嘛無人敢。這馬的議員，服務範圍嘛愈來愈大，應酬愈來愈濟，透早愛點主，中晝暗時愛走場講好話，手機仔袂使關，半暝愛去派出所保跤笑的，翁某半暝冤家嘛愛去占 (tsiàm)。服務無暝無日，選票愈來愈少，這馬的人真正現實啊！

　　伊的後生明泉仔算是少年輩的，聽著的較無全，伊捌分析予阿爸聽：

　　「國民黨的老步數，拍組織戰，無錢無柱仔跤就袂曉選。雖然爭取眞濟人事建設，但是集中佇少數柱仔跤身上，照顧無著的是多數啊，個就佇後壁姦撟。選舉到相爭來提錢，票無一定投予你。」

　　毋過謝議員的戰法，選舉虎的跤步，早就釘根佇心內，伊並無認同明泉仔的看法。伊認爲柱仔跤埕 (tshāi) 予濟，釘予絪，糧草款予足，才是選舉不敗的眞理。

　　時到日到，嘛是愛拚落去！選舉虎，哪會使漏氣？

　　伊提出手機仔，揤一个四冬外來毋捌敲過的號碼。

　　半暝十二點外囉，伊的大某阿素仔，雄雄驚一趒。竟然是這个膨肚短命敲來的。一方面受氣，一方面也歡喜。

　　這兮簡單幾句，就是選情危急，欠銀兩。彼兮，阿素仔的目箍紅紅，伊等這通電話四冬外矣！

　　阿素仔佇市場口賣肉圓，心內思思念念是謝眞煌。想著四冬外前，眞煌開始變款，逐時服務選民到半暝才轉來。伊就偷偷綴去看，原來是服務「小吃部」的狐狸精，服務甲對眠床頂去。紲落，翁仔某冤甲眞厲害，眞煌定定會出手共拍，阿素仔擋袂牢就搬出去。但是心內想，這種菜店查某，愛錢爾爾，一定擋無久。想袂到，四冬外過去了，兩个原在黏牢牢。而且，逐家攏開始叫細姨是議員娘，眞正氣死人。

　　阿素仔，正牌的議員娘，目屎拭拭咧，一聲就答應提兩百萬出來。伊幾多來佮查某囝蹛（tuà）做伙，查某囝眞慼（tsheh）阿爸，定定講，彼个無情無義的人。阿素仔偷偷仔將兩張定期的解約，另外標兩陣月頭會，鬥鬥咧兩百萬就趕緊提去予眞煌應急。

　　錢的問題解決了，就通知柱仔跤一个一个來算。而且交代愛行兩逝，先提 bí-lá 才閣送錢，比號碼，才袂予人錄音。像阿舍阿突提來的名單就盡量發予伊，像阿國仔彼款選舉販仔小可仔應付就好。總是行路工有出去，心情就較定著矣！

　　掃街的日子到了，三个候選人攏調集人馬車隊拚氣勢。
　　個的路線無全，但是也有相拄的時陣。謝議員的車隊，第一台鑼鼓車，第二台吉普仔，謝議員佮議員娘攏結「三號謝眞煌」紅彩帶，一直向鄉親攄手拜託。總幹事陳烏西扞 mài-kù（マイク，麥克風），「三號謝眞煌，經驗豐富，骨力閣會做，服務上蓋好……」「三號謝眞煌，這擺誠危險，拜託鄉親父老用你神聖的一票，寶貴的一票，支持眞正認眞的、老牌的好議員……拜託！拜託！」總幹事喝甲梢聲，兩个候選人攄甲手疼。後壁的車輛頂頭，閣有農會理監事、小組長、水利代表、輔導中心幹部、婦女會理事、義消義警……看起來人馬充足，支持的人眞濟。沿路的炮仔也響袂停，行到佗放到佗。毋過看起來，炮仔大部份是家己囥家己點，嘛有一寡店頭的咧罵：「唉，炮仔放遐濟，有夠

吵抐！」另外，有一寡無聊的少年仔，順喙就學話，「三號食錢王⋯⋯」，這種倚音是諷刺，也誠趣味。窮實，逐擺宣傳車若經過國中頭前的時陣，退的國中生，也就是謝眞煌的學弟，早就唸甲足継喙。

謝眞煌的車隊行過菜市仔口的時陣，阿素仔嘛挾（kheh）佇人群中間，偷偷共看，共祝福。不過謝議員無閒咧攕手，完全無看著。

佇另外一條街仔路大枝的車隊，也是騵騵長，頂頭有眞濟村長、代表、鄰長、地方有志，閣有一寡公所職員，看來戰鬥力嘛眞強。個的鼓聲像霆（tân）雷，mài-kù 眞強，炮仔比謝議員放較濟，隨後有人掃地。

「一號趙大枝，服務第一流。初擺出來選議員，甘願爲鄉親序大做牛做馬拖。愛予新人做看覓，愛予新人做看覓！」伊的口號顯然是針對做六屆的謝眞煌來的。大枝的看起來氣勢嘛袂穩，不而過，路邊也有人咧議論：「大枝的，聽講武士刀足大枝，兄弟眞濟！」

Thōng bih-sih 的，就是二號鄭志淸的遊行隊伍囉。伊竟然無鑼鼓，無炮，也無車。一群少年仔用行的，頭前是鄭志淸佮個老母揹彩帶，原仔行原仔笑笑、頷頭。

路邊的一寡地方老大有志看甲愛笑：「哎，像這範的也參人

咧選議員？無錢閣無人，像扮公家伙仔！」毋過嘛有人看個母仔団眞誠懇，遠遠用大頭拇共比「讚」！

　　佇掃街的隔轉工發生一个大代誌，消息眞緊就傳遍規个貓羅。
　　「大枝的買票予人掠著矣，大枝的予法院收押矣……」
　　「有夠好，這聲大枝的免選了，謝眞煌穩牢的啦！」一時間，眞濟人去謝議員的競選服務處報喜！有人是西瓜倚大爿，嘛有人是聲明改變支持，欲去提買票錢。但是謝議員遮可能估計當選無問題矣，就毋閣付錢，爲著這，有人佇門口大細聲嚷。
　　不而過，無偌久就看著大枝的宣傳車像起痟，大街小巷一直踅，mài-kù 開盡磅，吵甲厝蓋強欲蔽（hiauh）去。
　　「一號趙大枝，無影買票予人掠去，這是對手陷害的，逐家毋通予人煽動，選舉步數眞惡質，咱愛選予光明正大的趙大枝！鄉親愛團結起來，選予眞正的好人，一號趙大枝！」
　　宣傳車足濟隻，同時出動，眞緊急！因爲離投票賰三工爾爾。但是，並無看著大枝的出現，有人去服務處探，嘛無看著。

　　自十外冬前，貓羅所屬的縣就換民進黨執政矣，毋過議員、鄉鎮長、村里長猶是國民黨占多數，民進黨的欲當選眞無容易。一方面是知名度較無，另方面，個無掠柱仔跤、發行路工的習慣，一寡扞盤的、選舉販仔，感覺無啥物利頭，眞少會倚去。所以，這擺雖然風聲大枝的買票 hông 掠去，依據選舉專家分析，嘛猶

有機會當選；若講著民進黨的鄭志清，早就拍出籠 (láng) 外矣！
所謂選舉專家，就是退的扦盤的、選舉販仔、服務站的、選情收
集系統的。

投票日總算到矣，拜六早起八點到下晡四點。這是跤大笶開
盤的時刻，候選人、扦盤的、硩注 (teh-tù) 的、好玄的，派系、
政黨……逐家攏目睭褫大蕊，深深欷一口氣。

選舉拚尾睏是必要的，有時，會拄好差幾票仔落選。所以透
早八點未到，各投票所頭前就有各方人馬顧票。照規定，選舉日
袂使搝票，但是拍肩頭、比號碼……嘛是照常咧進行，猶閣偷楔
(seh) 錢的，就真正好大膽囉。

另外，各方的柱仔跤嘛愛緊去催票。行路工提去了，哪會使
無投？少年的用機車、老人用汽車載，較緊！較緊！四點進前愛
投票。

佇候選人的服務處，真大張的開票紀錄表已經貼佇正中央，
報票員派佇各投票所，票數隨時通報。這个時陣，候選人攏心頭
咇噗惝 (tsháinn)，規身重汗。

謝議員的服務處，三點半左右，就人山人海，圍甲烏
khām-khām，干焦留一條細塊桌仔，總幹事佮一个阿妹仔準備
接電話，記票。

外口，炮仔十外掛準備好矣，圓桌六十外塊麗佇壁邊，廚子

已經剾款萊，無閒甲 tshih-tshah 叫。這屆，大枝的出問題，逐家攏講謝議員在檔黃，穩觸觸（ún-tak-tak），一定會當選。

只是謝議員佇後壁的房間，猶淡薄仔袂放心，薰一枝接一枝。

想起阿爸過去定定講：「人死留名，虎死留皮，咱謝家愛有人做大官，留予人探聽！」

「阿爸，這擺當選了後，我一定認真拍拚，希望後屆閣跔一坎，選立法委員。阿爸，保庇我當選！我一定袂予你失望的！」謝議員自言自語，攑頭，敢若看著阿爸嚴肅閣慈祥的面腔。

四點十五分，票開始報入來矣，thōng 緊的是羊門鄉的拍鹿洲仔，一跤箱兩百外票爾爾。根據電話，數字抄佇總幹事的細張統計表，才閣予阿妹仔盤落壁頂的大海報。

「一號趙大枝72票，二號鄭志清35票，三號謝真煌86票。」

「喔！喔！」支持者大聲喝，兼一陣噗仔聲。

就按呢，偏遠的細跤票箱一直開出來，大約謝議員第一，大枝的第二，鄭志清第三。大枝的票佮謝議員 khah 跤 khah 跤。鄭志清就離一大節，毋過攏加減有票。

閣來較內庄頭的票箱也漸漸開出來，謝議員原在贏大枝的小可仔，只是二號的票若像愈來愈接近，無差遐濟矣。

「奇怪，這個少年仔哪會遐濟票？也無宣傳車，地方人士嘛真少人支持伊……」

有一寡人就開始議論紛紛，但是個感覺鄭志清雖然袂離足遠，欲當選是無可能的。

「謝議員的本居地猶未開出來啦，一千外票的大跤箱，等開出來，嘿嘿，就贏甲有通賣啦！」

有一个大嚨喉空的 oo-jí-sáng，佇人群中大聲發表意見，有一寡人越過來頕 (tàm) 頭，敢若表示同意。

五點十分，多數的投票所開出來矣，賰六跤較市區的大票箱猶未報來。羊門謝議員總數贏大枝的六百外票，明井小贏五十票。其他的中型票箱，加加咧，嘛閣贏大枝的。

只是，包括內盤、外盤的總幹事，佮佇內底食薰等當選的謝議員，攏對彼个無柱仔跤無買票的少年仔，票會當開甲遮接近，感覺心頭憂憂。毋過，安啦！伊的本居地，望明庄，猶未開出來。目前猶原是在穩的！

五點三十分，計票的流規身軀汗，拍噗仔喝好的也愈來愈無聲尾，眾柱仔跤金爍爍的目睭也有一點仔暗淡落。二號鄭志清的票愈市區愈懸，有兩跤大票箱竟然加起來贏謝真煌四百外票，而且已經逐過大枝的，差兩百外票綴佇三號謝真煌後面！這未免傷離奇？緊張，緊張，逐家心臟強欲跳出來囉！不而過，謝議員的望明庄，大票箱原在未開出來，免煩惱啦！

天色漸漸暗，月娘佇虎頭山彼爿浮出來。遠遠鳥隻一陣一陣，天頂恬啁啁（tiām-tsiuh-tsiuh），一點仔聲說都無。這時陣，三个服務處，西爿謝眞煌，南爿大枝的，北爿巷仔內鄭志清的老厝，攏無聽著炮仔聲，每一个候選人佮支持者攏耳空搝利利咧聽別人有放炮無。

「Pòng-pòng……」六點五分，總算有一陣炮仔聲拍破凝結的空氣，規个貓羅的耳空攏擇起來矣。佗位？佗位？炮仔聲是對佗位傳來的？逐个人頷頸伸長長，欲確定炮仔聲的源頭。

「啊……」六點六分，貓羅的天頂大喝一聲，「二號鄭志清當選！」聲音非常響亮，連月娘都攲（khi）頭過來看。

佇謝眞煌的本居地，望明庄，鄭志清贏謝眞煌 360 票。選舉結果：二號贏三號 150 票，一號吊車尾。

無一觸（tak）久，謝議員服務處的人就走了了矣，一桌一桌的菜攏包起來。包括東庄阿舍、榕仔跤阿突的、牛埔仔陳，柱仔跤眞濟走去鄭志清遐祝賀，地方人士也有人去，聽講嘛包括服務站主任。

內盤外盤的總幹事攏溜旋去矣，議員娘蹔（tsàm）跤步走轉去矣，後生明泉仔頭殼幌咧幌咧，也毋知趖對佗位去矣！

七點外開始，阿素仔就一直敲電話欲共個翁安慰，毋過一直無人接，敲甲九點外擋袂牢，就走去厝揣。細姨議員娘面色眞穤，

講議員無佇厝，而且大聲喝：「你後改袂使閣來！」

阿素仔目箍紅紅，心內誠不安，眞煌是走去佗？敢會猶閣佇服務處參人講話？敢會手機仔無電？伊就走去服務處看覓。

競選服務處外口暗眠摸，恬呡呡，只賰內底房間有細葩燈。阿素仔行入去。

「眞煌！眞煌……啊……」

謝議員啉農藥自殺，好佳哉阿素仔共送去病院，救有轉來。

不而過細姨煞走去，後生也感伊，娶細姨氣走阿母，三代財產開了了，閣兼落選。而且，其實伊彼票是投予二號的。閣講著總幹事陳烏西，怨嘆這擺另外揾內盤，就暗中交結大枝的，佇選舉錢內底，兩爿攏揜（iap）一塊，眞好空。另外，有一寡插選舉的，知覺著這回謝眞煌人氣失去，大枝的犯官符，有可能當選嘛無效，所以暗中絞絞滾，倚對鄭志清遛去。

一個月後，街頭巷尾就無看著旗仔海報矣，選舉的代誌恬靜落去，也漸漸無人談論這場摔破目鏡的選舉。

選舉虎，已經變做選舉貓的謝議員，欠眞濟選舉數，連住家也 hông 查封，只好去蹛佇虎頭山跤的寮仔，彼是買主暫時借伊的。

有一工暗頭仔，阿素仔閣來陪伊泡茶。

田埔的四周圍有插眞濟過時的選舉旗仔，鄉長、議員排規排，做伙喊（hiàm）鳥仔。有幾張宣傳單落佇田岸，農曆十一月底，窗外北風咻咻叫，謝議員這个稱呼也親像字紙隨風飛過向（hiáng）爿山。

泡茶的沖仔罐是阿公留落來的，頂頭有一層茶油佮阿公阿爸的酸汗羶（hiàn），三代粒積就賰這枝。佳哉，閣有一个好家後無計較，閣欲來照顧伊。

遠遠夕陽照落一群拄木瓜欉的柱仔跤，烏烏暗暗，歪歪斜斜（tshuah）。

「哎，時代變化眞緊，選舉毋是像咱咧想的按呢矣，變（pìnn）一世人，結果一場空！」謝眞煌目瞘神神，一直吐大氣。

「唉唷，阿煌，做嘛做退濟屆啊，奢颺也眞久矣，這馬重要的是身體顧予好，平安就是福啦！」阿素仔對手共扦咧，「過一站仔，我閣來勸兩个囡仔，逐家蹛做伙才好互相照顧。」

這回換謝眞煌目箍紅紅，兩粒苦澀兼感恩的目屎輾落來。

這屆新的議會開過一擺大會了，內面有一寡清新的面腔。佇虎頭山跤的這个故事，也流傳眞遠去。這馬，講著台灣維基的選舉虎，已經是瀕臨絕種的物種了，但是並無禁掉。這敢是台灣危機？毋是，危機就是轉機，佇進步的民主時代，虎豹獅象本底就無應該濫佇選舉的族群內底啊！

地獄谷

三月未曾到，北投的櫻花已經搝（hiù）芳水使目箭，攬樹椏搖搖扭扭。這个早前平埔族北投社的所在，地號名竟然來自巴賽語的「Ki-pataw」，巫女的意思。

北投因為溫泉出名。自從 1896 年日本人平田源吾設頭一間溫泉旅館「天狗庵」，溫泉就相紲開發，遊客也聽風聲一群一群逐過來。起先，是純粹解敨（tháu）鬱勞、療治肉體心神的所在，落尾民風變化，煞一間一間酒家上場，那卡西、喝拳，你兄我弟、燒酒查某，春湧拍規暝。無偌久，溫泉鄉變溫柔窟，抑是供體做英雄塚。

1979 年市長李登輝硬起來，宣佈廢娼，誓言消滅這个色情巢窟，一時趁食查某四散飛去。毋過北投的地下酒家親像屬害的特種生物，靠保護色，連鞭化做旅館形體生存落來。個成群結黨，真緊佇 Pataw 古老的地下地上建立二十四點鐘活動通道。

1988 年的元宵挂過，過晝仔就

有一台全新的遊覽車沓沓仔駛起來。天天樂大旅舍窮實無大，佇趨崎的小路內片，用行的，愛跙兩擺十外坎的石梯。這是北投的光明街，彎彎曲曲的巷道欲爭取的毋是前途光明，而是多金英雄的光臨。

除了挾（giap）佇中山路佮光明街斜角彼个公園，附近樹木無濟。壁角有幾欉野花開甲妖嬌美麗，搭近水溝的幾欉榕仔，唊佇內底的一欉牛樟，攏鋸甲歪膏揤斜，樹葉仔焦蔫袂精采。平時人客佇暗頭仔過七點就一黨一黨來，開烏頭車的，坐 tha-khú-sih（タクシー，計程車）的，有一寡落車就硞硞顛，可能佇別跡（jiah）啉過矣。像這台 bá-suh（バス，巴士）的人客，下晡兩點外就光臨，而且一黨三十外人，眞是罕見。

這台「金毛虎」大 bá-suh 駛去天天樂旅舍後門停車，兩个服務生衝出來揹行李，一个媽媽桑形體頭鬃咖啡紅像膨鼠的大箍查某，喝咻指揮兼案內。佮大箍查某的大喉空形成對比，人客個個恬靜神祕掩掩揜揜（ng-ng-iap-iap），對後門軁入旅舍。

二樓有十六間房，其中十五間攏蹛兩人。有一个體格武腯面帶殺氣，看起來是鳥頭的人。伊巡視每間房，包括窗門內外、眠床頂下，確定人員攏到齊，閣巡視通道、安全門，最後，交代櫃台一个檳榔喙紅絳絳（âng-kòng-kòng），胸坎旋一尾龍的少年仔，愛顧好樓梯頭，注意生份人。交代煞，孤一个蹛入去最後一間。

十五間房內底，較特殊的是倚近走廊中央正片邊彼間。蹛入去的是一个燒酒面 bì-lù 肚的 oo-jí-sáng 佮一个緣投的白面書

生。

「簡議員，咱佇遮愛蹛幾若工，所在無真四序，請忍耐一下。拜託！」

Bì-lù 肚的 oo-jí-sáng 就是簡議員，規面懊嘟嘟，誠袂爽的款。伊下頦肥朏朏，目睭足細蕊，喙翹翹閣敢若大豬公。

●

初春的光明路、溫泉路、中山路一帶，雖然是溫泉區，住戶和外客敆著的空氣，卻是粉粉的漚芳，挨來揀去的 bì-lù 波，加上一寡臭臊的精蟲味。

這个白面書生，是杜議員的祕書，有名的 T 大政治研究所碩士生，二十四歲。伊的論文題目是「1980 年代台灣地方選舉的研究——以縣市議會選舉爲模型」。舊年初透過親情（tshin-tsiânn）紹介，來杜議員服務處上班，熟似的叫伊阿良，生疏的會稱呼「沈祕書」。

阿良講話溫馴面腔古意款，無成插政治的。阿爸是國小教員，阿公漢文誠飽，自細漢教伊古早詩文，幌頭讀冊，算是書香世家。搵著好職位，閣兼會當做論文的田野調查，真正幸運。另外，趁機會調整閉思的個性，學做公關嘛袂穤。伊拍拚學習一年，講話行踏已經進步誠濟。這擺來北投有任務在身，事事愛謹慎，也著隨時做田野調查紀錄，佮較早的郊遊大不相同。

會記得大學時，幾若擺招死黨來泡湯，彎彎斡斡的溫泉路，

一窟俗價的湯池，是四常去的所在。尤其佇期尾考三暝日的連紲拚鬥了後，共規身軀浸入去，親像上天堂，無限心爽。

順溫泉路，半途佮中山路挾一個茫煙散霧的塌窟仔，號做地熱谷。因為規年週天硫磺煙霧，半暝風冷蟲唧誠淒微，逐家就改叫「地獄谷」。聽講內底的石頭有含放射性元素「鐳」，專家號做「北投石」，是世界上獨一號台灣地名的礦石。

阿良班上郊遊來過地獄谷。遊耍、烘肉、煮溫泉卵，同學耍甲歡喜消暢當中，煞來發生意外。彼陣有幾若個同學耍甲走相逐，頭前的方同學竟然跳去水窟邊，雙跤陷入燒燙燙的爛塗糜拔袂出來，等逐家共伊摝上岸邊，已經熟一半。記持內底，方同學到畢業猶閣托枴仔行路。

這擺來遮，溫泉離誠近也誠遠，因為任務重大無單純：D縣的正副議長選舉，閣三工就欲拚輸贏矣！

D縣的議員攏總四十九席，有兩組人競爭。阿良的主公杜議員掌握二十七票，加上本身佮配合選副議長的，合計二十九票。猶閣袂放心，透早上北時，騙兼嚇共簡議員押上車，閣加一票。

三十票，是絕對過關的，毋過熟鴨都可能飛走，何況活鴨。下料了後定著愛顧踮籠仔內，才袂予人偷去，這是選舉經驗。所以就租一台 bá-suh，肉票加候選人、祕書、保鑣三十外人，拍殕仔光就出發。議員上車 BB.Call 交出來，投票進前不准對外連繫，這是加入這個陣營的規矩。一手劍一手古蘭經，拚議長時常用的步數。

　　旅舍內底，三个女議員佮杜議員夫人蹛樓跤，男議員攏蹛樓頂。其中簡議員特別安排參阿良仝房。因為伊本是對手的票，開兩倍價數才誘拐過來。但是加倍的部份猶未實現，所以簡議員的面色早起烏陰到這陣。煩惱伊無穩，就掛責任予阿良，安搭兼監視。

　　簡議員本業廚子，生意袂穩，佮下階層選民誠hàh，農民票上濟，連任三屆攏吊車尾當選。伊人矮肥，面色紅牙，上愛的休閒活動是揣查某佇眠床頂辦事。所以有人會無張持叫出「姦議員」！伊毋但袂受氣，閣笑微微回禮，可能是將這个外號當做性能力強大的褒嗦，「姦議員」是榮譽啊！

　　清純的阿良，對簡議員無一絲仔藐視，而且將圓輾輾笑微微的面腔，看做彌勒佛。想著伊連任三屆的實力，甚至會對心肝底浮出尊敬的感覺。

●

　　欲暗仔樓跤用餐後，所有的人攏回房。上樓梯的時陣有人誢誢唸：誠無聊，無揣一寡消遣，強欲起痟矣！莊議員聽著耳風，就隨共伊房間的眠床揀一爿，撜出空間並一塊四角桌，頓胸坎自動講欲抇內場予逐家耍甲歡喜。眾議員收著的「料」猶攕甲橐袋仔膨獅獅，無地透氣，規群做一下陷倚來。

　　規暝，這間房薰味嗹鼻茫煙散霧，勝過地獄谷，檳榔是改良的北投化石，一粒一粒擲入鐵齒的笑徒喙裡，哺兩三下，竟然也

嘔出硫磺水來，這款的溫泉鄉！

　　無偌久，幾若個議員胸前原本膨膨的橐袋仔變平坦坦，甚至有一屑仔凹落，面色青恂轉去房間。雖然有幾个仔手氣足順，一面贏一面喝咻，落尾嘛是像皮球消風，捽捽顛顛輾轉去。

　　早起八點外，規間旅舍恬 tsih-tsih，除了阿良、顧門的少年仔，閣有一个睏袂去的曾議員，佇通道中間踅來踅去。

　　九點左右，通道尾的安全門無聲無說，小可仔開一縫。

　　曾議員誠巧合，拄好行倚近門邊，伸手接著一張紙條仔。

　　阿良昨暝無加入賭局，倚佇櫃台邊目睭金金直直綴曾議員的跤步移徙。2.0 的眼力，清楚看著接紙條的動作，就共顧櫃台的少年揀一下。眮龜的少年仔雄雄精神知影有狀況，馬上對櫃台跤提出手銃，開安全門逐出去。

　　紲落，穿中山裝身軀武脽的杜議員行出來，幾若个人綴伊入去曾議員房間搜查，毋過紙條仔早就沖入馬桶。無偌久少年仔也轉來報告，無逐著人。

　　「阿良，你是陷眠 hiooh？敢會看毋著？」杜議員烏閣粗的劍眉結結，掠阿良金金相。

　　曾議員面青青反白睭，無辜起憤怒的款勢。

　　阿良大氣吐袂離，咒誓絕對無看毋著。杜議員拍伊的肩頭，搦一下闊閣厚的手捗（pôo），意思莫閣講矣！

　　杜議員四十出頭，第二擺當選就宣佈拚議長。高長大漢，面腔形威，談判起先恬恬，但是佇關鍵時刻會雄雄起乇、反桌，甚至對中山裝掩崁的腰帶攑銃出來。D縣政治人物三教九流，氣勢有法度壓過伊的無濟。十外年前伊浪子回鄉當選代表想欲直升主席，就是展猛虎的形威驚倒對手，致使全額競選。

　　伊昨昏家己出去泡溫泉，拍炮消敨壓力，九點外轉來眠，十一點予突發事件叫醒。曾議員的紙條事件，窮實心內有數，但是認為大勢既定，有三十票搦佇掌中心，毋免傷掛慮。隨後就交代保鏢特別注意。

　　過晝仔三、四點，眾議員起床矣，個個唉唉呻呻。窮實是橐袋仔空空，腹肚內厚火氣。「像坐監呢，無意無思哪！」個佇通道中間踅（tshê）淺拖仔踅玲瑯。

　　「議長，閣無處理恐驚會暴動矣！」準副座緊急共準議長提醒。

　　「個娘咧，齣頭有夠濟！」杜議員兩枝劍眉束做一枝，不過考慮安全，毋敢予大批應召女入來，就順龍議員的意見。「好啦，下暗安排夜來鄉，予逐家爽一下！」

　　無偌久，大 bá-suh 駛近後門，除了幾个女議員另有節目，其他男議員佇監視之下攏總上車。個來到離百外公尺，中山路的巷仔底。

夜來鄉雖然號做旅館，並毋是予人安靜歇睏的所在。近五十公尺內就感應著音樂、喝拳、攪鬧絞滾的力頭敢若共窗仔捙出一逝一逝的空縫，酒臭、薰味就對遮薰 pòng-pòng 溢出來。

地下酒家設佇二樓，個分三个房間開桌，樓梯口攏倚保鑣。

遮出菜緊速，全是一寡固定的酒家菜。譬如王梨蝦球加 mai-óo-nè-jù（マヨネーズ，美乃滋）、墨西哥原味鮑魚、糋油芳酥八塊雞，閣有出名的火鍋料理鰇魚螺肉蒜。規桌料理，bì-lù 無限供應，下暗欲予眾議員啉甲爽。

阿良和簡議員、準議長杜議員仝一間，敬過幾輪回，一个瘦抽的中年查埔人揀電子琴入來，親像羯過滿坑谷的薰霧，靠山壁安頓演奏位置。

杜議員先開市唱一首「歌聲戀情」，身軀弓來弓去，像虎仔的姿勢。逐家伸手佇空中拍節奏，一堆手捗掰開薰霧，親像是跋落水等待解救的情景。

連紲幾若首歌，眾議員原在鬱悶不樂，啉袂落。

「哎哎，食這種糋雞無滋無味，猶是骱邊雞較好啦！」

「喲喲，這鮑魚歹食啦，芳水鮑魚較迷人……」

十喙九尻川剾洗暗示，杜議員聽知影，就叫媽媽桑入來，佇耳空邊嗤呲幾句話。

無偌久，一群美人魚搖尾溜芳絳絳泅入來，妖嬌的、清純的、豼跤的、肥軟的、長鬃被肩的、金黃虯毛的……一下仔規房間肉體相楔，粉味酒味濫做伙。個用懸椅頭仔楔入去肩並肩的查

　　埔人的空縫，肉芳毛香，鶯燕叫春的聲快速湠開。

　　個開酒、倒酒、勸酒、司奶，熟手慣練。閣誠自然共手囥佇人客大腿間、胸坎頂，摮挱戲弄強欲著起來的慾火。

　　其中有一個躼跤小姐，肉材白雪雪幼麵麵，面模仔非常甘甜，親像紅歌星白小莉。包括簡議員在內的幾个議員攏掠伊金金相，眼神一直佇伊的喙䫌、頷頸、胸前捽來捽去。

　　「後面有誠濟房間呢！」對隔壁過來的準副議長龍議員開門探頭喝聲，閣轉去第三間矣。

　　龍議員拄關門，一个規面皺皮氣色無好的議員伯著猴神，跳起來，像絞螺仔風共白小莉捲出去。其他一寡袂赴反應的色君子，表情刺鑿帶哀怨。不過一觸久仔，也攏相著佮意的，一對一對往復炮間食飯房。回轉來坐位，小姐會摸一下裙角，查埔人就捫頭毛激紳士款。上得意的是食著白小莉的議員伯，坐落就大聲品起來：「唭呼有夠讚哩，躼跤膣較好雞肉絲！」白小莉翹喙用指頭鋏仔對大腿大力絞落去。

　　坐佇阿良正爿的小姐，長頭毛被肩瓜子面，雖然無足嬌卻是有成熟的風韻，鼻起來就像樣仔拄好飽水的芳甜。看阿良少年緣投古意閉思，就一手攬伊的腰，一手深入伊的骹邊戲弄。

　　阿良大學時代捌交一个女朋友，幾個月就散去。雖然有機緣入來政治箍仔內，毋過拄落海無久，總是感覺堂堂Ｔ大畢業生，是親友心目中知書捌禮的好青年，該保持形象才著。但是一杯一杯燒酒落喉發散，慾火嘛著起來，愈燒愈炎。

●

　　參眾議員情況無全，阿良是予小姐搝去後片房間的。佇理智佮慾望拔索中間，酒精不知不覺共禮教溶掉，這款事就變半挨推矣！這个小姐輕猛褪掉薄繚絲的神仔，紲落拆解阿良的內衫褲。伊自我介紹：安娜，門關起來就隨在你按怎的安娜。

　　「你是在室的呦？」安娜看伊動作鈍鈍驚驚，臆是初擺，心內暗暗仔歡喜。

　　「嗯，嗯……」阿良煞愣愣（gāng-gāng）毋知欲按怎，像麗佇茫霧中，無清楚遮是伊甸園抑是地獄谷。

　　安娜看著在室男，雄雄變身野性的母狼，捽出頭殼頂的狼毫，全身光溜溜騎上阿良的頷頸。

　　「體驗一下，人無風流枉少年哪！」講煞閣像枝椏頂面的花眉仔，開始司奶叫，想欲叫出一个春天的花園。

　　強欲袂喘氣的阿良，佇迷霧中敢若挂著一片烏樹林，茂 sà-sà，卻有神祕的吸引力。

　　突然，一群粗勇的鐵甲龜傱出來，裝甲部隊啊！個身軀扁翹、八肢跤，拄看掠準是毛蟹仔。

　　安娜的尻川頭開始搖起來，「來啊，嗳我……」

　　阿良予地動掣（tshuah）一趒，眼神愣愣對鐵甲龜的樹林撤退出來。

　　佇戇神翕（hip）熱酒氣精氣透濫的暗房中，阿良的初夜終其

尾守袂牢，清純的堅持規个崩盤。有一點仔後悔，一點仔滿足。做兵時陣，有一擺人招欲去八三一開查某，伊嚴詞拒絕。隊友供體講：「莫假聖人啦！」這暝的解放浪蕩，突然閣莫名其妙。

●

第三工暗時，一直翹豬公喙的簡議員終於擋袂牢開始噴火。
「我的加成咧？五成欸，閣毋提來欲閱港矣！」
伊前日一袋銀兩輾了了，昨暝閣無搶著幼麵麵的雞肉絲白小莉，心情夭壽袂爽，暗頓進前就一直訴訴唸，佇阿良邊仔踅跤底趖無停。
「閣大發燒矣！」阿良走去報告杜議員。
「駛個老母咧，是起鵤較有影！」杜議員就提三十萬交阿良，「這算補償啦，伊若欲去佗位樂，愛綴牢牢，而且天光進前一定愛轉來。」
這个任務誠重大，尤其落佇一个昨暝才開腺的古意青年身上。
按呢無欲參加晚宴矣，簡議員歡頭喜面，豬仔搶槽仝款共阿良幔咧向外口衝。直行了後正斡倒斡閣經過一个海豬仔踅，來到蝶仙旅舍，這是離光明路三條街外的另外一个銷金窟。
粉紅的走馬燈色水豐滿，垂落路面，向崎跤流洩。老水雞倒翻箍，簡議員遠遠就䁙著粉味，暢甲掠袂牢。
「兩位帥哥！來來，歡迎歡迎！」

一个紅胭脂柳葉眉的女經理迎面行來。

簡議員笑哈哈喙開開，暴出生鉎的薰酒檳榔齒。他穿殕藍色西裝，倒爿胸坎佮褲底攏膨獅獅。

「點幾个小姐？」

簡議員猶原笑哈哈，伊先摸膨膨的褲底，閣掀開西裝倒爿，搾過彼只大約三十萬的紙票，抽弄幾若擺，刁工捅一屑仔。

「哇嘟！」經理目睭利，緊走入去通報。一時間十外个腰束奶噗的紅粉兵團傱出來，將簡議員和阿良箍牢牢，面貼胸坎規篷揀入去房間。

坐定著，簡議員閣一擺掀開西裝，予大張紙票小可捅頭。全部的鶯鶯燕燕、貓貓狸狸馬上貼過去隨身服侍。阿良這爿，一个都無。

「這位帥哥哥，欲按怎稱呼呢？」司奶氣誠重的紅毛小姐，用紅指甲尖挨簡議員的胸坎，差一點仔就挨著彼只大張的。

「呵呵呵，姦，我姓姦，叫姦哥哥就有錢通提啦！」

按呢一个一个攏來叫姦哥哥矣，一時姦聲不絕，銀票也一張一張發出去。

阿良孤一个坐桌角，家己倒酒啉，小姐攏去服務姦議員矣。伊突然間感覺好笑，人用錢買伊的票，伊閣用賣票錢來買小姐的虛情假意，這個世界真正荒誕無譜。這時陣，原本對簡議員的幾分敬意，不自覺動搖，開始看袂起。

但是姦議員一絲仔都無感覺諏，一杯接一杯，一矸又一矸，

啉甲茫癡癡，倒抱正攬，像做皇帝！

　　不而過，佇燒酒肉體中間，姦議員有當時仔會雄雄想著，現出和藹親切的一面。他突然發覺阿良孤一个啉酒，就揀開酒女移徙過來，幔阿良尻脊骿，閣慣勢摸一下膨膨的褲底，連乾幾杯bì-lù，講寡安慰的細聲話，也搭心聽這个少年人吐露苦悶。兩人就像老酒伴，哩哩嘮嘮牽誠久。不過，姦議員總是美色較重要，嗺嘻嘻，閣徙轉去伊的溫柔鄉矣。

　　「溫柔鄉是英雄塚啊，今仔日就將我葬踮遮好啦！哈哈哈……」姦議員爽袂退，一下仔參小姐乾杯，一下仔哈哈大笑。

　　一直到半暝兩點，店欲歇睏矣，姦議員猶回袂轉簡議員的身份。阿良已經茫茫，毋過想著杜議員的交代，愛趕緊起身共催。

　　「欲轉咧，好啦好啦，按呢所有的小姐攏毛轉去！」姦議員哩哩碌碌大細聲喝，幾若个小姐攬伊撐伊肥軟的腰幼骨的手股。

　　「袂使袂使，欲毛一个就好啦！」阿良替伊共褫一半的西裝摸予好。

　　「毛一个？按呢，毛經理轉去。經理，愈弓愈裂，哈哈……」

　　「經理袂使得。來來……聽講你台北有一个搭頭，緊敲電話叫伊坐計程車來……」

●

　　下暗，簡議員佮伊的搭頭阿枝仔全房，阿良只好揣躼椅睏櫃台邊。想袂到睏無二十分鐘，房間忽然傳出嗯嗯啊啊奇怪的哀呻

聲，阿良佮幾若个議員攏予吵精神。

「姦伊娘，這个豬哥是變啥物把戲？發生命案咧？」

逐家姦聲連連，一直到點外鐘才沓沓仔恬靜落來，閣回房睏。

隔工，天未光阿枝仔就離開矣。過晝簡議員精神掁螿蛦（tsiunn-tsî）目，看阿枝仔無佇咧，就誠正經坐踮眠床邊，回復簡議員身份矣。

阿良好奇問昨暝發生啥物代誌。

「呵呵，獨門工夫呀！」簡議員講著這，馬上精氣神活靈靈，「來來，教你一種撇步，逐个查某攏會歡喜。」

伊提出一條紅色的樹奶箍仔，拍三个耳結，閣隨个仔鉸開。

「這免費方便，比羊眼圈較好用！毋信試看覓就知！」

阿良初出社會的古意人，聽甲目睭展大蕊兼吐舌。

簡議員紲落誇口入珠的代誌。平常人攏三至五粒，但是為著欲做超級猛男，伊一擺九粒，號做九龍珠。閣講，有九龍珠的查埔人，行東西甩南北，查某鼻著味綴規陣毋肯離開。真正膨風仙！

窮實關於入珠，阿良捌聽幾个仔議員話仙，講簡議員幾年前入珠手術了，因為逐工茫茫然，沒共「寶貝」按摩，放甲發炎變形猶毋知。幾禮拜後，議員娘喝欲試車，拍開車門紲發現一粒腫歪歪的皮球，哭甲目屎四淋垂，逐工起落樓梯暨跤步表示抗議。簡議員落尾共鋼珠提出來，改用樹奶箍仔，算是家己研發的臭賤

步數。

　　阿良雄雄想著碩士論文的研究，這敢是其中一部份？

　　「1980 年代台灣地方選舉的研究——以縣市議會選舉爲模型」，佇文獻討論彼章，地方政治相關學理、縣市議員選舉制度沿革、縣市議員選舉辦理情形，已經收集分析，寫三四十頁。毋過，實際體驗中間，發覺佮學理有誠濟衝突的所在。民意、柱仔跤、投票意願的產生佮變化，相關因素誠複雜。尤其像正副議長這種間接性的選舉，有一寡譀古的過程是普通人想袂到的。議員的外表佮實際，金權佮私生活的腐敗，可能比研究選舉制度較有意思。

　　不如來調整方向，縮小範圍針對脫線的選舉行爲佮心理做研究。方法也必須愛共量化改做質性研究。不而過，按呢完成論文的時間可能愛閣延落去。因爲上班的事務無閒，進度已經有較慢矣，如果繼續量化研究，議員的問卷調查，議會相關資料收集攏誠方便，會較緊提著學位。想著遮，阿良煞躊躇不定。

●

　　第三工矣。規車的議員敢若部隊移防，佇烏暗暝的掩護之下離開北投光明街。車頂有人講著舊年解除戒嚴，來往兩岸交流眞方便，會使組砲兵團反攻大陸。

　　「砲兵團，按呢愛推選簡議員做團長囉！」提議的議員笑甲

誠曖昧，不過隨有議員表示擔憂。

「聽講佇大陸開查某掠著，額頭佮護照會頓 (tìng) 兩字『淫蟲』呢，按呢規團就變成淫蟲部隊矣！」講煞，逐家笑甲歪腰。

Bá-suh 開佇省道，有時幹入小路閣踅出來，掩掩揜揜，親像通緝 (thong-tsip) 犯的車刁故意閃開大路。

佇 bá-suh 頭前一台烏色賓士，車頂坐杜議員，閣有法律顧問、保鑣各一名。後爿是白色 BMW 轎車，坐龍議員、阿良、保鑣，後斗藏一枝衝鋒銃，銃頂面覆 (phak) 一隻軍用狗，真正是押鏢的陣容！聽杜議員講，恐驚對方掛規台 bá-suh 劫走，不得不防。阿良無看過這種場面，驚甲會掣。遮爾複雜的選舉，金錢色情暴力種種……真稀罕的田野調查紀錄，敢會使寫落去？這拍算會變做研究限制。

到甲暗時十點外，bá-suh 駛入一个僻靜農莊。這是 D 縣的邊界，荒郊野外誠歹發現的所在。房間全包，雖然舊渢猶算清幽。遮到縣議會較臨一點鐘，杜議員拍算明仔早起七點半規篷人出發，九點就職典禮準時入會場。到時三十票投落票箱，穩當選！不過猶是驚有人暗中走票，死毋承認，就配分逐張票佇無全位置圈選，踮指定所在拗一角、兩角……，抑是偏倒爿正爿、對中心線等等，精密的設計分配，開票的時陣方便辨認，掠出反背者。

衆議員四工無佮家屬聯繫矣，明仔載就恢復正常生活，心情略略仔輕鬆，毋過若想著所收的銀兩攏落入莊議員的橐袋仔，就懊惱起來。干焦簡議員原在笑哈哈，可能昨暝大戰幾若回合，一

直爽袂退。

●

　　縣議會倚寬闊的二十米路，挑俍的建築物仿巴洛克式，窗台石柱橫直分明，壁牆清清白白，引發親民愛民的聯想。

　　全爿一百公尺外是縣政府大樓，舊 lak-lak 的三層樓仔，敢若足久無整修，佮氣派的議會形成對比。毋過府前一大坪仙丹花卻是開甲紅 phà-phà。

　　過五十公尺三角窗的警察局閣愈簡省。規排辦公廳猶是日治時代留落來的，干焦門面妝娗（tsng-thānn）甲有淡薄仔形威。

　　早起八點五十分，bá-suh 來到議會門口，十外个警察兩爿戒備，一大群記者翕相機攑懸懸，閃光燈燦無停。

　　議員一个一个落車，跤步拖懶，敢若拄出國轉來。個佇保鑣監視中恬靜緊速行入議事廳，避免佮外人接觸。

　　議事廳挑俍氣派，黃銅新名牌金光閃閃。另外十九个早早就報到，加上三十个，到齊矣！眾議員就座、徛立、向國旗國父遺像行三鞠躬禮，攑正手宣誓就職。

　　「余誓以至誠，恪遵憲法，效忠國家，代表人民依法行使職權，無徇私舞弊，無營求私利，無接受烏西，無干涉司法，如違反誓言，願受最嚴厲制裁，謹誓。」

　　眾議員大聲宣誓，但是有部份人唸著「無營求私利，無接受烏西」，竟然咬舌頓一下，致使拍亂節奏。佇觀眾席的阿良煞起

愛笑，嘴角翹一爿，露出暗藏藐視的表情。

紲落票櫃拎入來，囥佇主席台下面長桌頂。

個推選資深的侯議員擔任臨時主席，主持推派監票員。開始投票矣！眾議員照唱名順序投票，杜議員這爿推出的監票員，目睭無瞬（nih）直直相選票的圈選位置、拗痕，暗中做紀錄。

「杜○○議員一票！」「杜○○議員一票！」「蘇○○議員一票！」……進行到杜議員二十五票時，會場響起拍噗仔聲。開票結果，議長選舉，杜議員三十票，對手十八票，廢票一票。副議長選舉，龍議員二十八票，對手十九票，廢票兩票。

紲落杜議長、龍副議長宣誓就職，兩个人徛正正，攑正手，參拃才全款的誓詞。個讀甲輕重分明，正氣充滿規个神聖的議事廳。

典禮結束，杜議長歡頭喜面，誠威風行入議長室。氣派的議長室有兩組烏黢黢的大膨椅，一塊原木咖啡色真大塊的辦公桌，閣有誠大範的鱷魚皮太師椅。

二十外盆提早送的蘭花芳絳絳，賀卡頂攏是有頭面的名字。料想是事先寫好，得票超過二十五就馬上結起去。無到十分鐘，規个議長室焱滿賀喜的黨政要員、生理人、記者，有人想攬抱權勢，有人需要新鮮報導，無論是非，只求有利益抑新聞性。只是交換的把戲猶未開始，規間熅熱的喜氣，致使一寡花蕊蔫去。

　　幾若工無看著人，杜議長坐專用的賓士 300 奢颺倒轉來。倚近有懸牆佮電眼的厝門口，突然發覺聚集一陣生份人，敢若針對伊來，而且聽候誠久矣。掣一趒，正手緊伸入去中山裝下面，害矣！銃無紮，毋知是佗一角勢的人馬？伊叫司機車門鎖予牢。

　　焄頭的中年男子行過來，四角面掛目鏡，伊共證件貼倚車窗。

　　「D 區地檢署檢察官蕭○○」

　　杜議員劍眉雄雄垂落來，面搐一下。去了了矣！

　　原來，地檢署早就掌握明確檢舉內容，包括賄選金額、交款方式、出遊行程、投票暗號等等，個會同調查局人員動員幾若十組人馬，同時佇相關嫌疑犯厝內進行搜查。

　　拄就職的杜議長、龍副議長半暝被收押。

●

　　阿良予人懷疑是抓耙仔。因為干焦伊佮簡議員離群過，有機會接觸外口的人。

　　杜議員的手下，包括一寡結盟的議員，放刁欲予伊對地球消失，無解說餘地，阿良驚甲半暝逃走。

　　伊覕佇淡水一間半山腰的小旅館，二樓小房間，搝開舊 lak-lak 的窗仔簾，會當看著附近幾條街。趨崎巷道交插石坎，鑽入濫疊的房舍，敢若立體派分割組合的畫面。

　　阿良的心割裂矣，一時毋知欲按怎組倒轉來。這是啥物款的

世界？淫亂、奸詐、險惡攏包裝佇富足進步的外衫內底。

　　啥人出賣杜議員？敢是夜半佇安全門邊接紙條的曾議員？不過，接紙條以後伊並無機會佮外面連繫。簡議員佮阿枝猛烈的叫床化去了後，是毋是有祕密商議？這个逐時激痟狂、喙嘻嘻的姦議員是內奸？伊是對別的陣營挖過來的，已經反背一擺，閣一擺有啥關係。

　　阿良失眠幾若工矣。日時神神看觀音山、淡水河，回憶大學時期佮同窗郊遊的情境，閣想著未完成的碩士論文。這个下暗，伊吞一把安眠藥勉強睏去。

　　眠夢中，伊來到一大片烏樹林，密唰唰（bát-tsiuh-tsiuh）的枝葉遮閘天頂，四箍輾轉茫煙散霧，陰沉恐怖的世界。四界揣出口的時，忽然間一群大隻鐵甲龜出現，親像裝甲部隊，lóng-lóng叫衝過來。規群跍上伊的腰身、肚尾，雄雄向（ànn）落看，規骹邊烏趖趖一欉一欉，大堆鐵甲龜佇樹跤，齧伊的皮肉，欶伊的血。

　　阿良雙手烏白掰，半行半走衝出烏樹林，有一絲仔光，連鞭化去。神神恍恍，換來泅佇地獄谷燒滾滾的湖面，燙甲哀哀呻。岸邊，一群同窗攬胸看戲，帶可憐兼懷疑的眼神。

　　杜議長化身一隻猛虎跳過來，屈佇阿良欲上岸的所在。紲落簡議員的豬公面，佇湖頂哈哈笑，「少年的，你逐項講了了啦，你酒醉矣，嘿嘿嘿……」同窗早就無看影，阿良孤一个驚甲面仔青恂恂，下性命拍地獄之水。

●

透早陷眠陷眠，阿爸敲電話來。講代誌抐清楚矣，有一个保鏢是警察。

政治無永遠的朋友佮敵人，這馬換對手的議長候選人提頭摸票，有一寡議員倚過去，曾議員是其中一个。

聽了心情誠複雜。阿良先出門，佇巷仔底的一間西藥房，買「花柳病特效藥」。大嚨喉空的頭家講伊著八腳（pat-kiok），推薦一種藥水，教伊先共毛剃光光，逐工洗兩擺，保證一禮拜就好離離。

阿良無想欲隨轉去，安娜長頭毛被肩成熟迷人的形影佇伊心中爍一下。著八腳袂使怪伊，定著是退無良心的酒客放的毒。綴落伊閣想著碩士論文。

「1980 年代正副議長選舉研究──以 D 縣為模型」？毋著，欲研究制度佮實行成果，可能寫甲歪膏揤斜，閣無啥意思。「正副議長選舉佮烏金色情關係的研究」？誠實在的題目，毋過敢真正寫會完成？

阿良心頭掠定，八腳治好了後，欲閣去北投，Ki-pataw，有巫女的所在行踏。凡勢做一寡田野調查，關於溫泉旅舍的種種。碩士論文先按下，這陣伊想欲寫小說。第一章，就號做「地獄谷」。

阿猴

　　早起八點半，阿猴共烏色的 BMW 停落公園入口附近。公園內，五六个人拍太極拳，十外个跳健康舞，一篷占領一片天下。另外有孤一人，佇操場的跑道踅圓箍仔，倒退攄。

　　這个老公園誠百年矣，對日本時代留落來，雨豆樹、金龜樹、牛樟、鳥屎榕，一欉比一欉較老，不過枝葉猶原青翠旺盛，秋凊無地比。有四五个老歲仔透早食過早頓，就緊來占領老榕跤彼塊有刻棋盤的石桌，佮四片邊的石椅。楚河漢界，兩个人當咧對削，邊仔三个人有時坐有時徛，大細聲喝，比行棋的人較緊張。

　　鳥屎榕閣較過，後爿有一片揞僻暗狨發雜草的所在，一座蔣公的半身像毋知徙去偌久矣，生鉎遛蚍，頭殼心白白，喙脣猶略略仔有硬鐵鐵的笑容。

　　日頭公焯過榕樹縫，共阿猴的陰影摸長長拖出去大路，雄雄一台卡車

對十字路口抨（phiann）過來，拄好軋（kauh）過陰影中的額頸。阿猴心肝頭掣一越，伸手摸額頸搔頭殼，額頭發清汗（puh tshìn-kuānn），緊揣一條石椅坐落來。

伊拍開手機仔 Line 的訊息，一堆助理傳來的，婚喪喜慶的提醒，閣較濟的是人事建設的拜託案件。唉，誠煩！伊共手機仔關掉，隔大路，看向公園對面的議會，花箍花籃對門口延出來大路邊，像兩尾紅龍。躼躼長的車隊旋對後面去，閣像另外一款的五彩龍。今仔日是議會的大日子。

「……愛拚才會贏」，八點三十五分，手機仔霆起來，唱出選舉前查某囝玉蘭幫伊安裝的音樂。

「喂，報告鄭議員，九點外就欲開始啦，請問你到佗位矣？」是議事組張小姐敲來的。

「小等一下，連鞭到。」阿猴電話切掉，抽薰出來，欶一大喙，煙霧飛向行棋的彼片去。

個竟然戰一局閣重排矣！

「連這種三跤貓的工夫也欲參人行棋？轉去騙孫仔較緊啦！」

「莫臭彈！拄才無掛目鏡啦！這回絕對共你修理甲金爍爍，來，一局閣加兩百，敢無？」

兩个行棋的老歲仔煞開始唱注，火氣比少年人較大。

選舉嘛佮行棋誠全款。有上場的主將，有軍師，有唱聲隊，

無人欲退場，無輸甲褪褲袂收煞。

　　這擺的選舉，非贏不可，阿猴是拚甲盡磅矣！全選區登記六个，欲牢四个，其中一个婦女保障名額。五選三，以阿猴曠闊的人面，四冬來服務過的案件無限濟，欲當選應該像人咧講笑的，跤捗捗咧就有。

　　毋過，阿猴這回面對誠大的危機。競選的對手，合齊攻擊伊一个，無講服務貧惰抑是頇顢，主要是針對兩件風風雨雨的傳言。

　　阿猴閣點一枝薰……這回選舉攏分七星的，賭十外條，留落來家己用。

　　議員愈做開銷愈大，人來客去，紅白帖仔兼四界寄付，跤伐出門就愛開錢。窮實若用紅綢白布紙匾仔應付，也無蓋重肩，主要是逐時欲食粉味。起先是小吃部，落尾身份提升，換走市內的酒店。另外，阿樂仔愈簽愈大，也誠食力。無固定的事業收入，干焦幾萬箍的薪水哪會堪得。阿猴開始動腦筋，首先是介紹人事就比指頭仔暗示愛寄付的數字，若閣聽無，就直接借錢。

　　人事案定著有競爭，無法度予伊傷濟，況且風聲講伊會共人收錢，人事機要祕書提醒縣長愛注意，就共伊送來的一疊履歷表揞屜仔底。阿猴閣想洄步，目標換相對建設經費去。初做議員，定定爭取大眾使用的道路、駁崁、路燈，這馬漸漸轉向，閃法律縫，偏向私人土地使用的設施。比如好額人佇山區買地起別莊，

道路予公家補助就省幾若百萬，路燈予公家埋，連以後的電錢攏公家負擔，寄付嘛是雙方歡喜甘願。揣著這空通好吮（tshńg），連鞭油洗洗。

本底議員爭取人事建設，鄉親會誠感恩，毋過，紅包送出去人情就還了矣，而且啉酒中間會共祕密垂出來，甚至閣兼膣姦撟（tshoh-kàn-kiāu），講甲誠歹聽。就按呢風風雨雨，阿猴的名聲愈來愈臭矣！

毋但按呢，另外一件匪類的代誌，閣較嚴重。

●

這幾年來，啉茶的風氣愈來愈旺盛。茶具誠講究，種仔罐有朱泥、段泥、紫砂無全的塗胎，也有規塊石頭刻的石壺，閣有摻濫釉色，喜氣的現代壺。塗胎有毛管空，顧芳氣。形體色水有創意，重趣味。毋但按呢，茶船、茶海、茶盤、茶甌、鼻芳杯種種……一堆器具，齣頭足濟。不而過，終其尾也是想欲啉一杯好茶。

佇勾坪鄉這个三萬外人口的所在，賣茶的生理也綴人興旺起來。干焦市中心四箍輾轉，大大細細的茶行就有五六間，篏（kám）仔店、食品行兼賣的閣無算。其中復興路尾的這間忠義茶行，是做較久的老店。伊經營方式誠普通，架仔頂一堆鹿谷茶、阿里山茶、高山茶的空篏仔，紅的綠的，大部份是一斤裝的。路尾較少人行踏，門面冷清，看起來生理無好，營業額卻是勾坪排第一。

原因是頭家仁和仔有咧插選舉，交陪一寡政治人物，平時安安穩穩佇遮泡茶開講，選舉一到，兩罐一捾的伴手茶，一擺賣幾若百斤。尤其買的人，通常袂去頂眞品質好歹，茶葉是毋是有做手，致使選舉兩三個月中間，賺比人三年較濟。

佇忠義茶行，頭家娘阿素仔固定坐踮扞（huānn）壺的位，負責泡茶，個翁仁和仔就穩心仔陪人客開講。

仁和仔擴頭面四方，生做武牌，講話丹田有力，柔軟中帶有淡薄仔江湖氣。可能長期欠運動，坐落茶桌仔邊，腹肚攏撐（the）出來。有人講伊重義氣 at-sá-lih（あっさり，阿莎力、乾脆），嘛有人認爲伊敢若會耍心機。

素仔看起來是溫馴，以翁婿爲主的家後。小肢骨，皮膚白雪雪幼麵麵，雖然四十出頭矣，三圍膨凹分明。伊恬恬泡茶，半向腰提茶海共人客倒茶，攏是文文仔笑，鳳形的目睭自然寬寬仔捽一輾，特殊的風韻，有時會引起查埔人烏白想，只是想罔想，看著仁和仔逐時跮佇遐，無人敢去共詼（khue）。

阿猴常在來遮啉茶。仁和大阿猴兩歲，是伊的大枝柱，每回選舉用的茶葉佮薰，攏予仁和發落。鄉內的人講個是拍尻川無越頭的好友。

毋過仁和仔有一站心肝大，予人牽去投資大陸的古董，起先有趁淡薄仔，閣再擴大投資。落尾煞予插焦股的黨政幹部造計檢舉，擔任董事長的朋友半暝逃轉來台灣，宣佈倒店。仁和仔投資落去的股份一角都無地討。

　　仁和仔的資金是標會仔佮借錢來的，無疑悟落湳周轉不靈，不時予人討數。伊想著好兄弟阿猴，這陣趁甲油洗洗，應該會當壘 (luí) 一點仔來救急，想袂到阿猴煞推講這馬選舉欲到，錢都無夠用矣，那有通好借人。

　　仁和仔只好四界去從錢，阿猴也原在逐時來泡茶。伊有時會安慰仁和仔：「等這局過關，人寄付的錢若有賰寡，一定共你幫忙啦。」

　　漸漸，阿猴發覺素仔開始會無張無持對伊肉吻 (bún) 笑。尤其向腰共泡過的茶葉搧落水桶內的時陣，事業線看現現。

　　阿猴心肝頭噗噗惝，想講素仔敢是開始看個翁無目地，一直相對伊的身份地位佮財力過來。

　　有一工欲倚中晝，阿猴閣來忠義茶行泡茶。

　　素仔穿一領粉紅色的短裙，長頭毛搬一爿，縛金色的 tsiǔ-tsiú（ちょうちょう，蝴蝶，指稱蝴蝶結），閣有迷人的芳水味。

　　「素仔，恁翁是走去佗飄撇？哪會放婿某的一个人顧店，真正誠無站節！」

　　阿猴穿烏黠紅角格仔的 siat-tsuh（シャツ，襯衫），掛金絲目鏡，配合伊長長瘦梭的面模仔，正港是新時代的烏狗兄。伊大嘥喉空，閣學甲誠勢詼查某囡仔。這馬伊佇阿素仔頭前大範大範坐落來，點一枝七星的薰。目睭掠素仔金金相。

　　「透早就開車出去矣，講欲去鹿谷買茶葉，拍算足暗才會轉

來。」素仔講話輕聲細說，略略仔帶司奶氣，那講那泡茶。

「議員，這泡多仔茶阿里山的，誠清芳，家己啉抑送人攏誠好，議員愛加交關一寡。」阿素仔攑茶海共茶水倒落茶甌，捀（phâng）予阿猴，肉吻笑閣使目尾。

「OK！OK！無問題！講實在的，像你這款有氣質的美女，電話絞幾通仔，人客隨嘛挨挨陣陣！恬恬佇遮泡茶有夠拍損！」

「哎喲，議員毋甘嫌，阮會歹勢呢。」阿素仔提茶海 mā 過桌面倒茶，事業線佮烏色的奶帕仔看現現。

個一句來一句去，煞愈講愈有意思，愈講愈曖昧。

阿素仔順手共裙小可勒懸。毋知是無小心抑刁故意，有時跤開一秒閣合起來，內底烏色的三角褲看著一微微仔。

阿猴已經心狂火熱無心啉茶，尻川頓徙來徙去，強欲坐袂牢矣。

「議員，請你小坐咧，我起去樓頂一下……」素仔雄雄徛起來，好禮仔捒裙跤、領口，跩（tsuāinn）一下水蛇腰。上樓梯的時，越頭共阿猴𥍉目睭，肉吻笑。

阿猴真正擋袂牢矣！伊對椅仔頂跳起來，猴跤猴手，用誠猴的姿勢綴阿素仔尻川後踮上樓頂。

寢室內面有一張六尺四方粉紅色的大 biat-tooh（ベット，床）。心狂火熱的阿猴門也毋知關，馬上撲倚去。

「袂使得啦，袂使得……」阿素仔愈講愈細聲，紲落半推半揀半反抗半司奶，兩个點著慾火的身軀，佇眠床頂輾來輾去。

當個兩人的衫褲褪光光，肉體拄結合做伙的時陣，突然間有人傱入來，像霆雷的聲音大聲喝：

「喂喂！創啥潲！連嫂仔你也騎落去！」原來是仁和仔徛佇眠床邊，手插胳，目睭睨惡惡（gîn-ònn-ònn）。佇伊倒手爿，大箍裕仔提手機仔直直翕。

阿猴驚一下面仔青恂恂，慾火攏化去，內褲緊攏（láng）起來，瘦猴猴的胸坎流清汗。阿素面仔紅記記，提衫掩下身。

●

這起事若傳出去足歹聽，議員也免選矣，不如落來樓跤的茶桌仔，現撨。落尾阿猴了一百萬消災解厄，手機仔的相片刪除，閣約束仁和仔佮大箍裕仔千萬袂使講出去。

這个大箍裕仔烏鉎烏鉎，lōng-liú-lian，有時會顧笑場，這回鬥相共掠猴，誠輕可也趁一條袂細條。橐袋仔毋捌有遮濟錢，一直想欲共人品。有一工啉燒酒垂了了，閣兼加油添醋，講甲袂聽得。

「阿猴予人掠猴！」「跪咧叫毋敢，閣賠三百萬！」「連嫂仔也騎落去，有夠無站節！」

傳言佇勾坪鄉湠開，愈講愈歹聽，無偌久，傳來到議員娘黃美枝的耳空。

有一工，阿猴拄應酬轉來，規身軀酒味。溫馴體貼的美枝仔，平常時會共伊提西裝佮 ne-kut-tái（ネクタイ，領帶）去掛，閣

兼捔面布予伊拭面。這回煞麓（the）佇客廳的膨椅，攏無動作。

「有夠不黨！鄭仔才教！連換帖兄弟的某……唉，這款代誌也做會落去！」

四常講話輕聲細說，對阿猴誠尊重閣一點仔懼怕的美枝仔，這陣煞大聲喝咻，細細蕊的目睭展大蕊，櫻桃喙咬牙切齒。伊的瓜子面欲吼欲吼，雄雄徛起來，一手插胳一手指阿猴的面，變做刺查某。

「你是咧食母著藥仔 nih？」阿猴驚一趒，頓一下。啉一寡燒酒，聽著這起事火氣隨就夯起來，「選舉到矣，姚石虎放的謠言啦！伊的票源參我的相咬，用無影無跡的代誌欲打擊我的，連這你嘛會相信……」

「若無影無跡，哪會講甲有跤有手，有時間有地點，有賠錢的數字？你……無彩我艱苦二十外年，顧家顧翁，四界壘錢幫忙你選議員，逐項攏順你……」「逐時花天酒地，參菜店查某烏白滒（kō），講是為著選票，我攏忍耐，想袂到那來那過份！」美枝愈講愈傷心，嘛嘛吼閣大聲喝咻。

「諱（hooh）喔，真正是瘖查某，母相信家己的翁婿，煞烏白聽別人的瘖話……真正是瘖查某！」

阿猴見笑轉受氣，愈講愈大聲，美枝也無欲忍矣，參伊罵來罵去。阿猴總算接載（tsih-tsài）袂牢，一聲駛恁娘！就出手敥（pa）過，閣起跤踅落去。

美枝仔倒踮塗跤輾，吼甲誠淒慘，佇樓頂房間掛耳機聽英語

節目的查某团玉蘭感覺各樣，要緊開門拚（piànn）落來。

　　玉蘭看著阿母流血流滴，頭毛散掖掖佇塗跤已經哭甲無聲尾矣，驚一趒，阿爸拍阿母是四常的代誌，毋過毋捌像這回遮嚴重。伊共阿母攬起來，目睭睨阿爸，悲哀兼怨感的表情。

　　阿猴干焦這个囡仔，自細漢疼命命，逐回拍某的時陣，玉蘭一出現就隨軟一橛（kueh）。伊吐一口氣，坐落來膨椅，撏薰出來欶。這个時陣，手機仔的音樂霆起來。「……一生只愛你一人」，是洪榮宏佮江蕙合唱的歌。

　　電話接通，隨聽著嘛嘛吼的聲：

　　「鄭議員緊來救我，緊咧啦，阮翁閣咧拍我啦……伊去酒家轉來就拍我！哇哇……」

　　阿猴一聽，是婦女會理事何月里。月里仔是伊重要的柱仔跤，專門摸婦女票。

　　「哎，這个憲明仔哪會按呢，好好，我連鞭到！」

　　阿猴跳上烏色 BMW，五分鐘就衝到媽祖廟邊巷仔內，無叫門就拚入去客廳。伊對憲明仔的胸坎搡（tsang）咧，目睭睨惡惡，大聲罵：

　　「創啥貨！查埔人哪會使拍某？拍某豬狗牛，你敢毋知？」

　　憲明仔生做粗懸大，毋過惡人無膽，閣懼怕議員的形威，煞恬恬頓落膨椅，聽阿猴的教訓，落尾共個某會毋著。

●

　　行棋的老歲仔，有一个陷入進退兩難的思考，一手撐下斗，兩个跤頭趺搖咧搖咧，毋知是欲按怎。邊仔的唱聲隊，一个叫伊出炮，一个講愛踏雙跤馬，亂甲樹仔頂的粟鳥仔飛走了了。

　　阿猴想甲心肝頭亂操操，足煩。唉，閣點一枝七星的。

　　查某囝玉蘭是Ｋ大英文系學生，自細漢誠勢讀冊，小學中學攏縣長獎，對讀無冊愛變猴弄的阿猴來講，算是歹竹出好筍。美枝生玉蘭了後子宮生瘤提掉，無法度閣生。玉蘭是阿猴的獨生女，也是伊的助理。各種陳情、拜託、縣府議會的文書，伊會趁無課的中間幫忙處理。而且選舉中間，伊負責揣少年人的票，對網路的操作也誠內行。伊最近時常勸阿爸愛改變作風，講時代無全矣，愛重形象，注意百姓的心聲，尤其少年人的意見嘛愛聽。阿猴是傳統的政治人物，總是認為玉蘭猶少歲毋捌社會事，時常表面頷（tàm）頭小可應付。

　　手機仔閣咧叫矣，「一時失志毋免怨嘆……」，葉啟田的歌聲自然響亮，誠濟候選人的最愛。拚落去拚落去，無人欲落選，自然就神通盡展，無神通就用涾步。

　　「喂，鄭議員，時間欲到矣，緊來啦！」這擺換議會許祕書敲來。

　　「小等咧，我連鞭就去。」阿猴共薰頭仔擲落塗跤，按一下。

　　八點四十五分，佇跑道倒退攄的中年查埔人已經坐佇樹跤喘矣！寺裡的師父捌開破講，倒退就是進前，愛放下。這種倒退攄的運動，毋但練身體，拍算也會予人改變思考的方式，放冗心情。

　　一群粟鳥仔飛過來，佇日本神社留落來的兩排石頭鼓仔燈跳來跳去，喈啾叫。鼓仔燈內面的土香也伸頭出來，綴春風幌來幌去。

　　佇伊本居地勾坪鄉的公園內也有這種鼓仔燈，而且鳥居、參道、手水舍攏保持甲誠好。本底號做中山公園，經過地方文史團體建議，改回勾坪公園，而且希望爭取經費整修美化，保護古蹟同時發展觀光。毋過對伊來講，爭取私人土地的駁崁、水溝、路燈會較有利頭。

　　講著阿猴會做議員，是拄好一个 tshiàng-sù（チャンス，機會），親像人咧供體的狗屎運。

　　個兜本底是作穡的，因為細漢生做猴猴，面一條（liâu）仔，身軀瘦抽，逐家就叫伊阿猴。伊自國校就佇勾坪狗形山的陸軍靶場搶銃子頭仔，賣歹銅舊錫趁所費，一群囡仔冤家相拍是四常的代誌。不而過，阿猴天生好人緣，伊喙舌甜，看著地方大細攏頷頭問好，滿面笑容。閣雞婆性，會共老人牽過馬路，替作穡的阿伯仔共番薯竹筍揹（mooh）上鐵牛仔，兼會替菜市仔轉來的 oo-bá-sáng 鬥捾菜，種種表現予鄉親長輩呵咾甲會觸舌。

　　彼時陣，狗形山跤的大潭村，做過七屆的老村長拄好過往去，無人欲選，庄內老大參詳了就來鼓舞阿猴出來服務。阿猴才二十五歲，做兵轉來一直揣無好頭路，對作穡閣無興趣，就按呢佇半挨推之下，無張無持，變成勾坪鄉有史以來上少年的村長。

較早做伙抾銃子頭的囡仔，就佇後面講笑：「猴咧，閣會做村長！」

阿猴初初做村長，並無予鄉親失望，伊對人親盷盷笑微微，村內路邊有雜草糞埽，伊就恬頭去摒掃，有喜喪事就去鬥相共。伊少年罔少年，卻是講話軟勢會變竅，協調糾紛的能力誠好，嘛因為車輛增加交通事故愈來愈濟，對車禍，阿猴算是調解專家。

毋過想袂到，阿猴做一任村長了後，煞漸漸染著一寡政治人物的歹習慣。伊予別個整筊場的村長牽去跋筊，愈跋愈迷，連阿爸留落來的田園也賣幾若塊去。就按呢，第二任村長做無透就走路矣。

阿猴消失一站，連個某美枝仔也無啥知影伊走去佗。歹命的美枝仔只好去菜市仔賣肉粽，孤身晟養查某囝玉蘭仔。這段時間，有風聲講伊捾規皮箱錢，去打狗市後驛的筊窟參人捙拚。

閣兩年後，阿猴轉來矣，一箍遛遛無半項。無全的是，喙頓明顯加一逝十外公分的傷痕，對目睭尾延到喙角。庄內的人看著伊的面，心內起憢疑，跋倒無可能會擦（tshè）甲按呢，到底是遭受著啥物代誌？

過無偌久，阿猴開始共人品：「佇打狗市，有一工我攑武士刀參人捙拚，一人戰十外个，一堆毋成囡仔予我控甲流血流滴，逐个走甲噴肩！」伊講甲喙角全全泡，大家聽甲吐舌，半信半疑，也有人心內起敬畏。

阿猴拄回鄉，美枝仔怨感袂消，毋插伊。想袂到伊搬一場猴

戲，家己做頭殼搞喙顉，閣跪落攬美枝仔的大腿，予拖咧行。一直哭一直會失禮，講日後一定拚性命彌補個母仔囝。落尾兩个抱咧哭。美枝仔誠愛翁婿，阿猴這招不止仔有效，毋過一站仔可能重演一擺。

浪子回頭，阿猴的頷頸閣較軟，喙更加甜，原在四界共人幫忙，鄉親開始閣呵咾甲會觸舌。這時陣村長已經換李春生，外號「刣狗的」。

閣過一段時間，縣議員選舉到矣！K黨提名的勾坪鄉候選人，無張無持中風，一時揣無好跤數，參詳了煞相對阿猴遮來。阿猴暢甲掠袂牢，表面假細膩，干焦推辭一擺，第二擺就要緊答應矣。

阿猴叫讀高中的查某囝玉蘭寫一封「共親愛的鄉親父老報告」，嶄然仔誠懇的批信。伊閣親身敲幾若百通電話，向鄉親募款：

「小弟阿猴這擺予K黨提名著，欲代表勾坪鄉出來選議員，拜託逐家鬥牽成。阿猴農村子弟散赤囝，毋過服務精神一流的，當選了後，一定做牛做馬拍拚，拜託鄉親序大一千兩千加減挺（thíng），一萬兩萬鬥相共。」

伊講話誠懇度一百，佇電話中也會感覺著九十度行禮，閣頭殼一直頕。幾禮拜中間，一堆人挨挨陣陣送幫贊金來，集集咧較臨三百萬。

另外，阿猴閣去拜訪全勾坪鄉另外一个無黨籍候選人。伊喙

講甲誠軟勢，卻是一直用手捒挲喉頓彼撇十外公分的刀痕。對方
毋知伊的深淺，煞起膽寒，落尾接受一百萬的補償退出選舉。

　　阿猴這擺誠是好運，佇鄉親出錢出力之下提萬外票當選，是
全選區的頭一名。講著伊的人生遭遇，做囡仔毋成猴，大漢做村
長，失蹤一段時間，轉來煞變做議員，親像猴齊天七十二變。

　　當選議員了後，阿猴認為身份無全矣，袂使清彩。伊共彼
領親像唐裝的外疊 (thah) 換掉，開始雕 se-bí-looh（せびろ，西裝），
捋 ōo-lú-bak-kuh（オールバック，All Back 髮型），掛金絲目鏡。勾坪
的人雄雄頭殼轉袂過來，那叫鄭議員，那看伊的穿插，誠袂慣勢。
這時陣，有一寡本底就反對伊的人，就佇後面講：「哇，猴穿衫
變人！」

　　阿猴做議員拄開始，雖然穿插無全，原在看著人頕頭笑微
微，喙舌誠甜，不而過較早共阿婆鬥捾菜、共阿公鬥揤番薯上鐵
牛仔的動作攏無去矣。閣過一段時間，若有熟似的人行路裡拄
著，誠靠俗叫：「阿猴！」伊就假影無聽著，毋愛越頭。

　　議員做兩三冬了後，就無閣聽人叫伊阿猴矣。不過有一工佇
宴會中間，一个足久無見面的國校同窗看著伊，誠歡喜走過來叫：
「阿猴！」想袂到阿猴越過來，起手就共敨落去，講：「阿猴敢
是你咧叫的？」

　　為啥物對人的態度變化遮爾濟，家己嘛想無。美枝仔聽著耳
風，有時會參玉蘭做伙共苦勸，毋過就親像走火入魔，總是聽袂

落去。

　　阿猴做議員，有機會參一寡學者專家碩士博士開會。為著欲提高身份，本底國中勉強畢業，就想辦法去提一張補校的高中畢業證書。紲落，閣去讀附近一間學生無濟的大學。伊逐時共人品：「我讀大學，每學期的成績平均攏八十五分以上，定嘛請獎學金。」不而過若唅茫茫就照實招出來：「我從來毋捌去上課，連期尾考也無去。學校只好共考試單仔佮答案送來厝，閣交代毋通抄甲超過九十分。」講完哈哈大笑。這種事詳細探討，可能是學校四箍輾轉，需要拓寬道路、笐水銀燈。

　　查某团玉蘭對這款代誌誠反感，一直勸伊莫閣烏白品矣！傳出去足歹聽呢。阿猴毋但無改變，對學歷煞愈趣味，按算欲進一步提碩士學位：

　　「叫祕書替我去上課，寫論文，玉蘭嘛會使鬥相共一下。」

　　玉蘭馬上激烈反對，大聲嚷，長長的頷頸筋脈浮出來，細蕊的目睭瞪甲像牛目。阿猴疼這个獨生的查某团，就暫且按下。

　　K大英文系四年的玉蘭，明年欲讀研究所矣，伊不時共阿爸苦勸：「這馬選舉形態一直咧改變，買票是溤步，效果無好閣予人笑。尤其社會智識水準愈來愈懸矣，少年人的觀念也攏無全囉，阿爸愛特別注意形象。」

　　毋過予人扶挺慣勢，愈來愈虛華，加上全括（kuah）的使弄，苦勸的話攏聽袂落，顛倒愈行愈歪斜，一直蹁（phînn）過去。

　　「阿爸！若時間會當倒轉，我甘願你無做議員。」有一擺玉

蘭誠正經共伊講，目睭眨眨瞤（tshảp-tshảp-nih），面帶哀怨。

　　無做議員？這條路躂落去矣，哪有退簡單收煞？伊誠疼玉蘭，毋甘共罵，就笑笑共講：「戇查某囡仔咧，政治誠複雜，你猶少歲無法度了解。」

●

　　手機仔的音樂閣響起來矣！「一時落魄毋免膽寒……」，阿猴這馬足無愛聽這句，趕緊接起來。這擺是欲選議長的郭議員敲來的。

　　「大的大的，拜託緊來啦！就差你一个爾爾，看時九點九分，愛開始啦！」

　　「好好，我車停好就入去。」阿猴吞一喙瀾，應著無力無力。

　　這陣八點五十五分，佇三欉金龜樹中間拍太極拳的一群人已經歇睏矣，個穿的唐裝佮阿猴較早穿的足全。這陣伊唐裝已經褪掉矣，煞變甲足勢拍太極拳，對鄉親講話糊瘰瘰（hôo-luì-luì），有利頭的較大天，純服務的先囥一邊。

　　阿猴共薰橐仔浞（tshiỏk）掉，閣提一包七星的出來。短短的二十五分鐘，阿猴已經食兩包薰，點薰一枝焐一枝，無閣動用彼粒 Dupont 的 lài-tah（ライター，打火機）。

　　迸！雄雄一聲誠大聲，對烏屎榕下面傳過來。這擺是倒爿彼个老歲仔摔棋子仔，「偷食步啦！這盤無算，拊拊咧重來！」

　　原來這馬換伊行無幾步就死棋。兩个行棋的，三个狗頭軍

師，亂甲 kì-kànn 叫。阿猴起先掣一趒，紲落一直煩起來。

伊大力欶一喙薰，霧出去……，唉，攏是彼擺咒誓引起的。

這回拚連任的選戰，阿猴選甲誠艱苦。橐袋仔趁甲飽飽，人緣卻是失一半較加。雖然 K 黨以現任的優先，繼續提名伊，鄉內有 M 黨佮無黨的出來選，可能看知影伊表面好看頭，窮實內底爛糊糊，誠濟人搝跤搣蹄欲共遷掉。

社會改變，買票的效果愈來愈少，也愈來愈冒險，違反《選罷法》毋但當選無效，閣愛去食櫳仔飯。靠政見、宣傳拍動人心的選舉戰術也變甲多元化。

這擺上食力的是，阿猴提 khoo-mí-sióng（コミッション，回扣）、草踏換帖兄弟的某，予對手提來大力操作，印宣傳單，甚至寫佇 khǎng-páng 頂頭。阿猴氣甲咇咇掣（phih-phih-tshuah），也煩惱甲睏袂去。積極支持阿猴的大潭村長刣狗的比伊較著急，呼呼叫，一工從幾若逝，叫議員愛趕緊提出告訴，若無票會走了了。

阿猴三字經五字經硬聲硬訕，咒誓絕對欲共告予死，毋過一直頓蹬無下手。心內有數，驚講愈舞愈大條。

有一工參競選幹部討論選情，有人講著 1977 年打狗市 K 黨王玉雲佮黨外人士趙繡娃，相唱鑿雞頭咒誓證明清白的故事。經過轟轟烈烈的鑿雞頭咒誓，結果一個市長、一個省議員攏有當選。

逐家就建議議員愛緊鑿雞頭咒誓，毋通予謠言一直渙落去。

　　阿猴頭殼犁犁恬恬看桌頂，想著欲踮神明頭前斬雞頭咒誓，心內煞流清汗，一時毋知欲按怎應。刣狗的知影伊的心事，就共招去邊仔講，咒誓是一門學問。刣狗的面烏趖趖闊牙槽，用厚 tut-tut 紅記記的檳榔喙，佇伊耳空邊嗤舞嗤呸一觸久仔，阿猴就共逐家宣佈決定欲斬雞頭矣！

　　刣狗的雖是生張無好看，瘦抽瘦抽狗公腰，可取的是足勢俴。毋過想袂到接接（tsih-tsiap）的過程並無順利。聽著斬雞頭，市中心的媽祖廟馬上拒絕，閣來東爿街尾的北極殿頓蹬一下仔，經過管理委員參詳，也是無同意。按呢揣過幾若間廟，落尾佇狗形山跤埤圳邊的柳王公廟答應矣！毋過附帶條件是添油香二十萬。

　　柳王公廟細細間仔，輸人毋輸陣，神明十外尊。主神柳王公，聽講參古早的柳下惠有關連。對外面看入去，有三欉柳樹徛佇一个小水池邊，廟的內底間用白鐵仔欄杆閘起來，保護神像也顧金牌。閣頭前有搭鐵厝蓋，頂面有 a-khú-lih（壓克力）做的「柳王公廟」四大字。規間廟無啥物琉璃石雕妝娗，廟前的天公爐佮偏邊仔的金爐煞誠顯目。

　　經過看日看時，一工的透早，勾坪鄉親佮一寡外地來看鬧熱的人，大約三百外人，挨挨陣陣溢對柳王公廟來。廟埕徛無路，有人歇上水池仔邊的石頭，有人徛踮 oo-tóo-bái（オートバイ，機車）頂，有人攏袂入來佇外圍躘跤尾，跳咧跳咧，逐个人的頷頸攏伸長長，愛欲看斬雞頭咒誓。

　　九點到矣，炮仔聲響起來，阿猴佮一篷助選員來到廟前，群眾閬出一條路。

　　丹田有力的許代表扞 mài-kù，共烏框目鏡托好，大聲宣佈：

　　「咱勾坪鄉出身的鄭才教議員，是全縣上優秀上骨力上清廉的議員，無疑悟這擺選舉予人製造謠言陷害，無影無跡的代誌，白白布欲染甲烏。今仔日佇遮欲來鑿雞頭咒誓，恭請柳王公做證，主持公道。同時敬請各位鄉親也做伙見證，鬥陣來支持鄭才教議員。」

　　講煞，阿猴手攑三枝長香，跪落敬拜柳王公佮眾神明。伊的頭毛小可散散，紺 (khóng) 色的西裝予人檞甲歪一爿。伊拜了提出一張黃色的疏文紙，展開，一句一句沓沓仔唸：

　　「稟報柳王公，弟子鄭才教，做議員中間如果有食錢提 khoo-mí-sióng，如果有草踏別人的某，甘願像這隻雞觭全款，雞頭斷離，死無葬身之地。」

　　阿猴起先咧唸猶順順，唸到雞頭斷離，聲音煞會顫，停幾若秒才閣繼續唸完。窮實伊對這擺鑿雞頭咒誓，內心不止仔驚惶，不過若想著出發進前，已經佇兩爿跤底用朱砂各寫兩字「無算」，就閣感覺安心。這種撇步，是村長刣狗的共一个道士仔學來的。

　　鬥幫忙的已經將一隻白色的大雞觭掠上菜砧面頂，兩个人分爿揤翼股佮雞跤。阿猴共一枝剁骨頭用的豬刀攑懸懸，相準雞頷頸。

　　想袂到白雞觭煞開始拚命滾蹧，一粒雞頭旋來旋去，kè-kè

叫，誠毋願死的款勢。阿猴的剒刀本底就掣咧掣咧，這時陣更加無法度下手。

刉狗的看母是勢，趕緊踏進前，共雞頭捅咧大聲喝，緊鑿落去！

無疑悟阿猴原在驚驚，毋敢一下剒落去。伊喙內詬詬唸：「按呢，敢會鑿著村長的手……」

刉狗的正手捅雞頭，倒手一直比，緊鑿落去！阿猴總算鑿落，不而過下力無夠，鑿雞頭煞變用鋸的。一个雞頷頸予伊鋸甲血 sai-sai，猶閣黏一層皮。雞觛拍算誠疼硬死拍翸（phún），煞雞毛颺颺飛兼疶（tshuah）青屎，閣險險跋落桌跤。而且雞血烏白噴，阿猴咒誓彼張黃紙無啥沐（bak）著，刉狗的就共提過來渭血，才閣點火燒掉。佇群眾中間，有人細聲議論：「奇怪，一枝武士刀戰十外个，哪會鑿一粒雞頭會驚驚？」也有人笑笑仔講：「閣足成刉雞教猴呢。」

廟口的炮仔閣響起來矣，鑿雞頭總算完成。鄉親慢慢散去。

●

經過鑿雞頭咒誓，鄉民對阿猴踏 khoo-mí-sióng 佮予人掠猴的代誌，變做半信半疑，尤其老一輩的，非常信神明的，認定鑿雞頭咒誓非同小可，敢鑿，定著是予人冤枉的。個開始幫阿猴辯護。加上這擺買票錢透過柱仔跤發甲誠齊勻，尤其外鄉鎮的閣掠重點發，氣勢終於回升，落尾五千外票吊車尾過關。

　　這回當選連任，慶功宴、謝票中間，阿猴的面色陰陰柴柴，笑容誠無自然。伊過去彼款笑微微、大細漢頷頭的動作也消失去矣。

　　選舉後賑規箱七星的薰，阿猴愈食愈重，食甲美枝仔不時共擋，閣叫查某囝玉蘭苦勸。毋過阿猴心情不止仔沉重，伊不時摸家己的頷頸，尤其是想著彼工鏨雞頭咒誓了，轉來厝褪鞋剝襪（buėh）仔。哇！跤底的朱砂字，寫佇後蹬的「算」猶閣紅 phà-phà，明明明。寫佇跤底的「無」呢，予跤液（siòh）溶去，化做一蕊歹看相的紅花。倒跤正跤攏全款。阿猴心驚膽嚇，要緊衝入去浴間洗掉，紲落連續幾落工，定定手掌頷頸，有時半暝惡夢嚇（hiannh）精神，就雄雄問美枝仔：「我的頭殼有佇咧無？」

　　美枝仔起先掠準伊是選戰舞甲傷忝，頭殼亂操操猶閣敨開。無疑悟愈來愈嚴重，有時閣會拍頭殼踅踅唸，敢若犯著無形的，美枝仔就替阿猴去問神明。代先去市中心的媽祖廟跋桮，抽著下下籤。大潭全村的龜仔伯佇退負責逼籤詩，看過煞搖頭毋敢講，叫伊閣去別間問看覓。美枝仔換去東爿街尾北極殿，童乩發起來攏唸七句聯仔，經過桌頭翻譯，講議員的表現神明無滿意，需要白米一千斤發貧戶，閣提供五十萬做獎學金。這件事美枝仔暗暗去做，阿猴攏毋知，毋過看起來有淡薄仔較正常矣。

　　有一工暗暝，阿猴趁廟公轉去歇睏，佇廟口開講的老人也散去矣，一个人偷偷仔入去柳王公廟拜拜。伊跪落柳王公的頭前，一直拜，一直磕頭，喙踅踅唸：「弟子鄭才教欺騙神明，罪該萬

死，請王公爺饒赦！」

　　這尊柳王公是白面書生，柳眉鳳眼誠慈祥，來共會失禮應該會原諒。想袂到，阿猴一下攑頭，王公爺的面容煞轉色紅絳絳，目眉齴齴（giàng-giàng）像斬刀，烏趒趒的目睭睨惡惡掠伊金金相。全時鐵厝頂毋知啥物件落落來，piàng 一聲。

　　阿猴驚一下面仔青恂恂，半爬半走。代先拚著天公爐，閣踢著石頭，煞栽落蓮花池食水，規身軀澹漉漉。

　　予柳王公驚著了後，阿猴行路跤拐拐（kuāinn-kuāinn），手摸頭頷，頭殼直直幌。

　　阿猴犯著神明，著猴矣！勾坪的鄉親開始會起來。

　　美枝閣聽地理仙講，是祖先的風水有問題，應該愛抾骨另外造墓。毋過玉蘭有無仝的看法，伊認為阿爸親像是躁鬱症，也敢若強迫症，應該看精神科較著。

　　起先美枝仔佮玉蘭走去市內揣精神科，醫生堅持病人無來毋敢開藥。不過阿猴一下聽著精神科煞跳起來：「堂堂的議員，看精神科？予人誤會精神有問題就害矣！」玉蘭就去離勾坪較遠的三藏市，揣一間「自然就好－安心診所」的精神科。

　　醫生診斷結果有強迫症，摸頷頸幌頭殼是強迫性動作，必須愛食藥佮心理治療。阿猴勉強答應食藥仔，堅持排斥心理治療。藥仔食一站仔，症頭就有較改善矣。不而過，毋知是神明猶毋放伊煞，抑是命運的作弄，不幸的代誌竟然真正發生矣！

●

公園內跳健康舞彼十外个 oo-bá-sáng 也歇睏矣！舞曲的音樂恬靜落去，個一个一个穿外套，皮包仔捾咧四散走。雨豆樹、金龜樹、牛樟、鳥屎榕……各種樹木原在徛甲好勢好勢。賭彼桌行棋的猶未煞，不過唱聲的走了了矣，兩个死對頭猶閣楚河漢界，紅君烏君相睨毋願煞。

阿猴手捽頷頸，順紲捽對喙頓彼巡十外公分的刀痕。彼隱藏一件驚惶的記持。彼當時伊捾皮箱去打狗市後驛拚笑，有一擺跋歹笑被追殺，喙頓予開山刀捽一下流血流滴。好佳哉警車拄好到，若無性命休去。

「碰！」一聲足大聲。雄雄一台貨櫃車經過公園口，毋知軋（kauh）著啥物件。阿猴閣擎一越，頷頸仔硬捽。鬥雞頭咒誓，跤底朱砂字的變化，玉蘭的不幸……一幕一幕浮出來。

「無魂有體親像稻草人……」手機仔的音樂閣響起來。九點正。

這擺是議會主任祕書拍來的，用兇狂的聲音催伊緊去議會。

「我佇對面的公園口，拜託你過來一下，兩分鐘就好。」

阿猴手機仔收起來，坐入去 BMW 內底，對正爿橐袋仔提出一封批。

玉蘭逐時苦勸阿爸袂聽，有一擺用寫批表達。毋過伊一直無看，共囥佇屜仔底。最近揣出來，讀甲誠艱苦。

「阿爸,我定想起細漢時陣,你逐時炁阿母佮我去狗形山跤散步,也會去埤潭的狗尾溪掠溪蝦。彼時,你是一个慈祥顧家的阿爸。自你開始插政治了後,起先做人做事猶予鄉內的人誠呵咾,想袂到落尾毋但會拍阿母,閣直直做一寡歪膏揤斜的代誌,予人踮後面咒讖兼恥笑。阿爸,我佮阿母定定流目屎,祈求菩薩保庇你回轉來較早的阿爸,如果無法度,不如予你低票落選,輸予忝忝,莫閣插政治。」

阿猴目屎輾落來,袂赴矣!袂赴矣!回袂轉去矣!

佇阿猴當選,經過慶功宴佮謝票攏結束的三禮拜後,玉蘭騎 oo-tóo-bái 經過勾坪西片外環十字路口,一台大卡車轉斡,就共 oo-tóo-bái 絞入去車底矣!車輪拄軋過頷頸。彼个路口交通複雜,鄉親反映誠久,需要埾青紅燈,也應該安排警察抑是義交去指揮交通。阿猴看彼無利頭,就無積極去處理。

「攏是我害的!玉蘭是替我死的!」阿猴參美枝仔攬咧哭,三暝三日袂食飯,伊行路神神,婚喪喜慶毋知通去矣,紲落美枝仔逐時走去狗形山頂的白雲寺唸經。

無到兩分鐘,議會胡主祕就衝過來公園口。

阿猴佇倒片橐袋仔提出另外一封批,交予胡主祕。這張批是「鄭才教放棄議員當選聲明書」。

今仔日是本縣議員上任佮正副議長選舉的大日子,政治人物、縣府官員、包商生理人、媒體記者攏來矣,規个議會鬧熱滾

滾。

隔轉工，各報的頭版攏用上大的烏體字登頭條新聞：

「中華民國頭一擺，議員猶未上任就放棄當選！」

照講較重要，正副議長當選的新聞煞細細字仔，寫無幾字楔佇邊仔角。

過無偌久，勾坪的人就發覺阿猴翁仔某搬走矣！

有人講個已經看破世情，去佇一座有彌猴佮柑桔的山頂修行，也有人講個是佇仙姑娘山種水蜜桃，賣桃仔的收入攏用來救濟散赤人。

今年的秋桂文學獎佇基督活力教會頒獎，舞台搭佇教會頭前的廣場。

得著頭獎的作者對主辦單位特別設置的無障礙坡道上台。伊的動作誠大，手拹 (hiáp) 咧拹咧，跤踵 (uáinn) 咧踵咧，頭殼跩 (tsuāinn) 咧跩咧，親像一隻小船搖櫓划上舞台頂。

伊是一个腦性麻痺的殘障女性，今年三十歲。伊自細漢失學，家己看冊學寫作，會當著頭獎誠是無簡單。領獎的時陣，伊用一點仔喙瀾去淈獎杯，閣大力捼 (huê) 過。著獎小說的題目號做〈喙瀾〉。

1

羊青，是西部平原的一个小鎮，後面靠一座小山崙，頭前一條中範的溪溝。人口較臨四萬，雖然無講足鬧熱，毋過製造業誠濟，逐庄攏有頭家。個拄踏著出口旺盛的好時機，工人變頭家，家庭代工變小工場，身軀有錢，行路煞也有風。

　　順應錢水旺盛，地方開始有小吃部，親像春雨落過的筍仔，一枝一枝暴出來。另外，回應「得自社會貢獻社會」的呼籲，有一寡愛心團體佮機構也順機會成立起來。

　　羊靑鎮的翁萬法，算是腦筋動了誠緊的人。伊三十出頭，頭大面四方，粗眉大目聰明相。頭起先發起一个萬福愛心會，四界招會員，募款募物資，規工傱來傱去，爲著欲幫助困苦的人。籌募的範圍漸漸擴充到外鄉鎮，紲落外縣市。伊厝內囤甲滇滇的救濟品，有米糧、泡麵、罐頭等。不過，上好是寄付現金較好處理。

　　萬法仔名聲漸漸透，是地方善心人士。伊開始擴充事業，起先佇山後買一片土地起厝，掛牌「萬福殘障教養院」，專門收留各地殘障兒童。

　　教養院無蓋大間，除了主建築是紅毛塗兩層樓仔，其他廚房飯廳活動場所攏是搭鐵厝。雖然無蓋四序，對經濟困難，厝裡閣有殘障兒童的家庭，共沉重的包袱仔寄託佇遮，會感覺加誠輕鬆。

　　「感謝院長，予你幫忙足濟，感恩喔！」「院長眞正是大善人啦，收留阮的囡仔，閣發救助品予阮，人情較大天啦！」

　　萬法仔總是笑微微來回應呵咾，伊的四角面笑甲變圓面，親像彌勒佛。囡仔的序大人對伊的慈善愈有信心。

　　教養院無偌久就收留十外个囡仔。包括唐氏症、小兒麻痺、腦性麻痺、智能不足等等的殘障。雖然所在偏僻，造作也無蓋好，照顧十外个囡仔總是愛袂少開銷。萬法仔鬼頭鬼腦，當初起教養院就已經有拍算。

　　無偌久，伊用教養院的名義去共一寡頭家募款，買一台九人座箱仔車。伊家己做司機，每工透早透暗共十外个囡仔揀入去車內，載去附近的赤牛市，放落菜市仔、車頭、十字路口等等所在，賣衛生紙、菜瓜布、糞埽袋、日常用品。欲出門的時陣會勤前教育，愛大聲哀，拜託，若賣無轉來，就恐嚇扣糧食。殘障的囡仔有的袂曉表達，有的毋敢講，致使序大人毋知影。有的小可聽著風聲，嘛無插伊。敢若共包袱仔卸掉，當做無看著。

<h1 style="text-align:center">2</h1>

　　萬法仔的徛家佇倚近虎頭溪的鴨母寮，誠四序的別莊是用農舍的名義起造的。厝內的壁角囤一堆募集來的物資，朋友來的時陣，伊會叫個提一寡轉去食。壁頂經常貼一堆土地所有權狀的影印本，一方面表示財產誠濟，另方面是伊兼咧牽土地。

　　今仔日暗頭仔拄食飽，就有幾若个好友來泡茶開講。天南地北，燒酒查某，無所不至，講甲誠歡喜。

　　「喂，我講院長啊，你服務地方的工課做迵爾濟，算是大善人啦！」蹛廟邊的阿西那按紅色的獅仔鼻那講：「應該會使出來選議員。」

　　「著著！」散毛發仔啉一喙茶，吞一下瀾，隨讚聲落去：「萬法仔人面闊，功德做誠濟，財力也有夠，出來選議員百面牢的啦！」

　　茶桌仔四五个人，一人一句，敢若已經成立助選團的範勢。

「唉，莫相害！」萬法仔共種仔罐的茶葉攍 (giah) 落糞埽桶，閣換一泡新的。伊徛起來，共 bì-lù 肚下面的褲頭攏 (láng) 較懸。閣坐落。

「講著選議員，想是有咧想，毋過……」伊開始斟茶，「愛開足濟，這陣猶無夠力。不而過，若先來選代表，應該無問題。」

退一步選代表，以後有機會才進一坎，按呢嘛會使。當下逐家攏贊成，這幾个人也是伊基本班底，買票、抄名冊攏誠內行。

過了無偌久，羊青鎮的鎮民代表改選，萬法仔真正順利當選。伊的名號除了翁院長之外，閣加上翁代表。毋過，誠濟人共台語的翁叫毋著，變成華語的 ong。雄雄聽著，掠準是王代表。

3

翁萬法經營教養院，代起先攏家己開九人座箱仔車，家己管理事務。個某佇鴨母寮鬥相共處理募集的物資，兼照顧厝內兩个讀國小的細漢囡仔。

自做代表了後，服務工課加上交際應酬，應付袂去，九人座煞另外請一個工場退休的雄仔兼差，看載囡仔去放點幾擺，工資算逝的。另外，事務方面就交予玉燕發落。

玉燕，逐家叫伊燕仔。本底也是教養院收留的一个殘障兒童。伊是溪底寮人，老爸愛風奢，誠早就偷偷賣掉祖公仔屎，焉風塵查某走甲無看影。可憐燕仔的阿母家己照顧一个細漢囝，心情無好，煞參庄裡的查埔人淆來淆去，學甲誠勢啉酒。落尾變甲

大肚，煞來生燕仔，嘛毋知啥物人的種。閣較害的是，燕仔欲兩
歲猶閣袂坐袂爬，醫生講是腦性麻痺，活袂過六歲。毋過伊嘛誠
韌命，過甲七歲猶好勢好勢。只是頷頸長長，面歪一爿，目睭大
細蕊，喙瀾溚溚滴（tshảp-tshảp-tih），兼袂講話。看起來就像智能
障礙。另外，伊的倒手曲曲（khiû-khiû），正手指頭仔有硞硞，兩
跤行路無順，像欲相拐。庄內的人看著吐大氣：「彼隻燕仔規身
軀走精害了了，閣兼袂講話，誠慘！」閣有人講甲足歹聽，「怹
老母四界烏白湆，兼愛啉酒，毋知是著啥物毒，煞生怪胎，僥倖
喔！」

　　雖然袂講話，毋過耳空誠利，頭殼也精光，聽著人的譬相
（phì-siùnn）誠艱苦。個阿母佇餐廳捽菜，大漢的寄阿媽，這个生
張像祕雕的查某囡，伊實在無能力照顧，而且厝邊隔壁藐視的眼
光，也予伊擋袂牢。彼陣，拄好萬福殘障教養院成立，就趕緊共
去拜託伊收留。無偌久，國小通知入學揣無人，羊青鎮公所的強
迫入學委員會也來調查，攏共講囡仔寄阿媽遛走無去，猶未揣
著。

　　燕仔佇教養院內底，雖然是殘障的一份子，毋過參其他的囡
仔比起來，伊的頭殼誠清楚，閣有法度照顧別人。伊心內也感覺
蹛佇遮，毋免予人恥笑，心情較快活。而且，萬法仔也發現伊誠
巧骨，就教伊一寡簡單的事務。

　　燕仔雖然袂講話，想袂到干焦靠電視字幕，閣看雜誌報紙，
就學甲會曉寫字。伊的倒手曲曲，正手猶有法度寫字。無偌久，

竟然也會曉拍電腦！萬法仔愈來愈感覺伊會做代誌，所以雖然超過教養院收留的年齡，也繼續予蹛落來。時間誠緊，一蹛就十外年。

這陣燕仔已經二十歲，若毋是講殘障破相，也應該是青春少女矣！萬法仔四十外歲，是成熟紳士款的查埔人，伊誠信任燕仔，也誠照顧，毋但會發淡薄仔薪水，過年過節閣加一點仔予伊去孝敬老母。

4

「蔡董，鄭董，王董的。」

暗頭仔七點外，佇羊青鎮外環道路的一條小巷仔內底傳出司奶的叫聲，尤其叫「王董的」的尾音加拖誠長。

「五番的」是羊青有名的小吃部，逐工日頭落山無偌久，粉紅色的燈光閃閃爍爍，佮招呼人客嬌滴滴的聲音，予過路的車輛降慢速度，有一寡查埔人閣會開窗探看覓，是啥物好空的佇遐。

五番的，攏總有五間房間，生理誠好，若傷慢去就無位。王董的逐時占一間，是遮的熟客，逐个小姐看著伊攏會拍招呼，激司奶氣。

王董的，窮實就是翁萬法，一寡小姐對翁的華台語分袂清楚，就叫王董的。翁萬法感覺好聽好叫，也接受這種稱呼。

今仔日下晡，翁萬法拄招幾位代表、公所課長佮主辦人，去伊教養院看上崎仔彼條路，點仔膠有必巡愛重鋪，兼掠路溝。另

外，路燈無夠光，愛加兩枝。看了量了，就規陣招來遮食酒兼慰勞。

「店內小姐看有幾个，攏總點。」萬法仔大聲喝，頭毛染甲紅 phà-phà 誠像膨鼠的經理，馬上就出去放送。有一寡別番的小姐聽著，要緊會失禮暫且離座，走過來萬法仔這番坐檯服務。

像五番的這種郊區的小吃部，雖然場面看著奢颺，小姐的檯費才三百箍爾爾，最近閣加誠濟越南妹，面模仔甜甜看著食路袂穩，致使毋但羊青的老阿伯伯中年男性，連外鄉鎮的人客也袂少。

「來來，小姐一个插一位，招待予人客會歡喜，小費就加倍。」萬法仔手弓開园佇桌頂，展董事長的派頭。

「來來，第一杯通乾啦！」萬法仔杯仔捀起來，懸倒落低，一喙就乾落去。

坐萬法仔邊仔的佳佳，是老相好，逐擺來一定有點伊，而且一來攏黏牢牢，真少轉檯去趁別攤。伊動作誠猛，隨就閣共 bì-lù 斟（thîn）予溢。

「王董的……」佳佳身軀躽（nuà）過來，事業線看現現，兩粒膨獅獅的水蜜桃唊佇萬法仔胸坎。

「王董的……，你講通姦，是愛害夫呢……」佳佳激司奶聲。伊的鼻直直，目睭無重巡，瓜子面。雖然風塵女子，卻是有古典的氣味。伊早早就嫁翁，毋過翁婿愛跋筊，lōng-liú-lian，只好出來坐檯趁食。

「哇哇，按呢上讚！按呢你規氣參恁翁離婚來嫁我啦！」萬法仔對佳佳攬咧，喙頓硬唆，唆甲全喙瀾。

代表課長主辦的逐家哈哈大笑閣兼拍噗仔，無偌久一杯來一杯去，鬧熱滾滾。平時面腔嚴肅的課長也變一个樣，參查某攬來攬去，誠無體統。

招來這款所在啉酒，定定攏由萬法仔納錢，開銷不止仔大。代起先，萬法仔橐袋仔不時規只一千箍的青仔欉，漸漸煞插濫誠濟一百箍的。

到甲半暝一點外，燒酒啉欲四打，酒矸仔桌頂桌跤滿滿是。Khàn-jióo（かんじょう，結帳）的時間到矣，全部的小姐攏做一下回檯領錢。佳佳共萬法仔攬咧，伊定著愛發上濟。

萬法仔抽一張青仔欉佇佳佳面前颺咧颺咧。

「來來，先唆一下！」

佳佳喙抹倚來，萬法仔就大力唆落去。紲落佇佳佳喙內呸瀾。

「吞落去！袂使呸出來。呸出來就無錢通領。」

佳佳面紅絳絳，誠勉強閣毋敢不從的表情，共萬法仔的喙瀾吞落去。逐家看甲足礙謔（gāi-giòh），也是拍噗仔喝好。

其他的小姐一人三百。萬法仔對褲袋仔提一只一百的，發完閣摱。竟然摱出來的一張一張攏浞規丸。

「歹勢歹勢，趕欲出門袂赴通熨啦！」萬法仔面嘻嘻。逐家閣哈哈大笑。

遐的涅規丸的一百箍，閣足成殘障的囡仔賣日用品收轉來的錢。

5

鎮民代表，是上基層的民意代表，權力無大，毋過對萬法仔來講，用來募款卻是誠好用。伊擴大愛心會佮教養院，有財源收入閣兼善心人士的名義。不過伊心內想的，是欲佇政治上閣跐一坎起去，做縣議員。窮實，本縣幾若十个縣議員內底，佇萬法的心目中，憑財力能力活力，有夠格的無幾个。

萬法仔四十六歲，目睭大蕊面四方，172 公分中範直挺的體格，外觀看起來是緣投有氣質的中年紳士。若看著伊花天酒地痀 làk-làk 的形狀，就會雄雄驚一趒。毋過這也就像伊四常共個某素心仔講的：「我毋是興趣花天酒地啦，這馬的社會，公關拍予好，萬事就 OK。名聲佮利頭若有夠，選議員親像桌頂拈（ni）柑全款。」

逐時若半暝茫茫入門，顛顛倒倒搖入房間，外衫毋知通褪就挵上眠床，素心仔攏會共唸幾句仔，酒莫啉遐濟，拍歹身體。荣店查某若烏白攬，愛較閃，較細膩咧。

「哎哎，你查某人毋捌代誌，不時詬詬唸！」萬法仔長期以來，攏應一句了，就睏甲毋知人。

素心仔心內自我安慰，人講緣投翁歹控制，而且萬法仔是為前途咧拍拚，應該袂去交著風塵查某。

　　確實，萬法仔對小吃部遐的小姐，包括佳佳，並無誠大的興趣。伊用愛啉愛耍的心情，兼招待一寡政商人物去樂一下，有時順紲談補助、募款的代誌。

　　不而過，關於春美仔，閣是無仝款的狀況。

　　春美仔，是羊青鎮外環道路邊，一間機械工場陳老板的祕書。陳老板較臨七十歲。工人出身，二十外年來工場趁大錢，變做大頭家。伊誠有回報社會的度量，對慈善事業真支持。伊是萬福慈善會佮殘障教養院的大金主。

　　也因為按呢，萬法仔佇咧請款的手續事務，四常愛接觸著春美仔。

　　春美仔三十五、六歲。自十外年前大學畢業就來機械工場上班，因為生做媌媌甜甜客情誠好，無偌久就擔任董事長的祕書，時常綴出綴入。一年外爾爾，就有風聲出來，講伊是頭家的細姨。

　　萬法仔敢若中年危機，春美仔凡勢鬥陣的予伊袚滿足，兩个人見面無幾擺就像鐵仔佮吸石，自然吸做伙。

　　交著春美仔以後，萬法仔愈晏（uànn）轉來厝。轉來的時陣毋但攏酒味，兼規身軀虛 leh-leh。伊連續半年無參某做房事矣，素心仔對自我安慰，變甲淡薄仔懷疑，紲落開始怨感。

6

　　燕仔鬥發落萬福教養院的工課愈來愈熟手矣。這馬箱仔車司機雄仔由臨時變在額，閣加倩一个五十外歲的 oo-bá-sáng 鳳仙

姨仔。教養院的囡仔也加倍濟,較臨二十五个。

　　燕仔袂講話,起先學會曉寫字、拍電腦,紲落也會比手語。伊對予人恥笑做怪物,變做有路用的人。伊無經濟富裕的家庭佮用心照顧的序大人,照講會悽慘落魄,甚至像誠濟腦性麻痺患者全款,早早就死亡。伊家己也時常佇暗時看向山頂彼爿的天星,問天公伯仔,為啥物?

　　佇萬福教養院附近較臨兩百公尺的所在,有一間基督教會。伊的教堂細細間仔,毋過埕斗誠大,兩爿邊仔種足濟玉蘭花。燕仔自細漢坐箱仔車出去賣日用品,倒轉來的時陣,若是鼻著一陣一陣的芳味,就知影春天來矣!燕仔誠想欲落車去樹跤拈幾蕊仔玉蘭花,毋過司機攏咻一下就駛過。

　　有一工閣經過彼,有一个穿甲誠擎紮、瘦瘦的中年 oo-jí-sáng,共車撨停,捀一堆玉蘭花予個。車內的殘障兒童歡喜甲大細聲叫。

　　後來,伊知影彼是教會的牧師。細漢行動無自由袂當入去,到甲較大漢,院長較信任伊的時,就揣機會慢慢仔踅 (uáinn) 去。

　　燕仔經過院長的特准,每禮拜日會使去聽道理。遮的教友無濟,只有十七、八个,毋過伊佇遮有感受著親切的招呼佮安慰。漸漸,伊開始讀聖經,向耶穌基督祈禱。佇祈禱的時陣,伊會暫時袂記得家己殘障的身體。伊開始相信這是上帝的考驗,伊無需要參人比並啥人生做較婧較正常,是愛比賽看啥人較堅強。

　　時間咧過誠緊,燕仔已經二十外歲矣。這是一般的女性當青

春充滿各種幻想美夢的時陣。燕仔有美夢無？可能有，不過毋敢講出來。知影的是，伊定定替院長祈禱。尤其看院長最近逐時交際應酬從來從去，四常咻茫茫，講話無清楚，有時閣會對伊微微仔笑，伊誠煩惱院長酒咻過頭出代誌。

毋過想倒轉來，院長也是酒咻茫茫的時，參伊講話才袂遐正經嚴肅，嚴肅甲只是共伊當做工作的機器人，毋是一個查某囡仔。

這種矛盾的心情存在誠久矣！莫閣想啦，上重要的，愛共工課做好勢，莫予院長操心。雖然只有正手較正常，做工課困難度比人加誠懸，加足慢，愛用幾若倍的時間。

7

毛毛仔雨的下晡五點左右，萬法仔參另外一個代表來佇地方法院的檢察處。個徛踮開庭的公佈欄頭前，頷頸伸長長。

「今（tann）害矣！」萬法仔大叫一聲：「漚婊！駛個娘，竟然是騙子！」

萬法仔最近無張無持犯官符。原因是這回代表閣重改選，全選區的另外一個候選人阿義仔半途退選，另外一個是無實力的肉跤，造成萬法仔輕鬆當選連任。本底伊欲順機會爭取代表主席，想袂到煞去予人檢舉期約賄選，掅圓仔湯。調查站一工透早起動十外个人，同時搜查萬法仔佮阿義仔的徛家佮教養院。共個兩人炁去調查站問筆錄，透暝閣移送地檢處。落尾攏五十萬交保轉

來。

　　萬法仔感覺有夠衰，這擺的主席選舉，料下一半落去，前金付完矣，這馬犯著這案，煞變進退兩難。

　　伊要緊欲揣司法黃牛疏通。拄好有人介紹，一个艋舺來羊青鎮開婚姻介紹所的葉小姐，聽講是彼个檢察官的「小三」，揣伊去疏通應該一必一中。

　　就按呢約佇教養院參詳。萬法仔茶拄泡好，阿義仔也來到位，葉小姐就開始敲電話。

　　「喂喂，廖檢的，我小青啦！」

　　紲落小青激司奶聲，愈講愈曖昧，連眠床頂的代誌也講落去。按呢講十外分鐘了後，電話放落，就討論欲按怎撨官司。

　　這時陣，燕仔遠遠坐佇窗仔邊拍電腦。萬法仔誠信任伊，也毋驚伊聽。外表美麗有氣質的葉小姐有看著燕仔坐佇遐，用一種睨神（gê-sîn）看無起的表情，哼一聲，就無插伊，當做無其他人物的存在。

　　半點鐘了後，萬法仔參阿義仔入去房間講一下仔，就提一个紙袋仔出來，內底有四十萬。

　　「這是前金，不起訴了後才閣付二十萬。」

　　萬法仔共錢提予葉小青的時陣，燕仔彼肢拍電腦的中指，雄雄敢若失去控制，大力噌一聲，紲落頭殼硬幌。

　　燕仔普通時動作攏誠出力，聲音 onn-onn 叫，萬法仔無特別感覺按怎。葉小青掣一下，錢捎咧要緊走。

葉小青離開了後，燕仔已經拍字印一張紙出來。

「這个人怪怪，建議院長去地檢處看開庭的公告。看廖檢的開庭的時間表。」

萬法仔半信半疑，招阿義仔開車直接對地檢處來。想袂到，葉小青敲電話時陣，廖檢察官當咧開庭。這是一場完美的騙局。

個要緊趕去婚姻介紹所揣葉小青，想袂到大門鎖起來，人走甲無看影矣！斡去派出所問，一下查，原來是詐欺的常犯。定定一位騙了，閣徙去離較遠的縣市賺食（tsuán-tsia̍h）另外一攤。

一个蹔跤，一个頓胸坎，佇派出所頭前吐大氣。

「咱江湖走透透，煞較輸一个殘障的。」萬法仔對阿義仔肩頭幔咧，「厭氣啦，行行，來去啉酒！」

8

萬法仔心情非常穤，連紲啉三暝三日猶未改鬱悶。

伊最近共春美仔調誠濟錢，春美仔是盜用公司的公款來予愛人用。萬法仔美男子，交查某有食閣有掠，毋過這起事愈舞愈大空，愈來愈袂收山。

因爲欠春美仔誠濟人情，逐時黏做伙，四常無轉去睏。個某素心仔有聽著風聲，已經擋袂牢，就參囡仔搬轉去後頭厝。

萬法仔想欲揣司法黃牛撨官司的代誌，敢若也風聲甲對法院去。伊這件案，速審速決。兩个人攏判五個月，後面閣加一句，不得易科罰金。

接著判決文了後，過三工就愛去報到入監。

這暝，萬法仔啉甲醉茫茫，顛入來教養院。伊佇燕仔房間，拚落塗跤就想欲睏。雄雄嘔一聲，吐甲規身軀。

燕仔要緊捾面布來拭，費誠大的力量，舞甲規身軀汗，足久才拭清氣。

「燕仔！燕仔……」萬法仔目睭沙微沙微，看著燕仔，微微仔笑。

燕仔目箍紅紅。心內想，院長，這个查埔人，若啉茫茫無清醒的時陣，就敢若共我當做伊的愛人。伊敢無看著我生做遮歹看相，袂講話，親像怪物？伊敢是共我看做美麗的姑娘？神啊，若是按呢，就予伊一直莫清醒啦！

想著這，燕仔煞共家己的頭殼敁一下，正手扦倒手祈禱。

「神啊，我一時私心產生惡念，請原諒！神啊，請保庇院長，保庇萬法仔，就是我的……，保庇伊身體好好，順利脫離這段衰運！」

「燕仔，過來一下……」萬法仔目睭擘金，對橐袋仔摮一張紙出來，抹予燕仔。

白紙烏字，是一張聲明書，內容簡單扼要：

「茲聲明翁萬法所擁有的，羊青鎮○路○號的萬福殘障教養院的使用權、經營權、管理權，攏交付鄭玉燕。」

萬法仔又閣睏去。燕仔目屎流落來，覆佇萬法仔胸坎頂，唌伊的喙顊。燕仔的喙瀾對歪一丬的喙角垂落來，像一港水，流入

去萬法仔的喙內。

燕仔也佇萬法仔的身軀邊睏去。

燕仔做一个誠長的夢。伊夢著家己四肢健全，目睭大大蕊，懸管鼻，櫻桃喙，是一个美麗的淑女。佇夢中，伊佮萬法仔手牽手咧散步。

紲落兩个人行向基督教堂，天頂的十字架光顯顯（kng-hiánn-hiánn），閃爍爍。行入教堂門口，耶穌倚佇內底等個，親身共個證婚，祝福……

這个夢誠久誠長，燕仔喙笑目笑，毋甘精神。

忽然間一道日光對窗仔縫炤入來。燕仔目睭褫開，天光矣！

燕仔想著院長睏佇伊房間會予人議論，要緊欲甲捒起來。

「院長！院長！」伊用正手直直共捒。

萬法目睭小可擘開，無神無神，坐起來，想袂到雄雄無力閣倒落去。伊的跤手出無力，喙歪一爿，喙瀾垂落來。

燕仔驚一趒面色攏慄落去，踅咧踅咧傱去咻鳳仙姨仔來幫忙。兩个人要緊叫救護車共院長送病院急救。

佇救護車頂，燕仔共萬法仔的手拎（gīm）牢牢，面焐佇喙顊，喙瀾流落萬法仔歪歪的喙空。

「萬法，毋免煩惱，燕仔會照顧你一世人！」燕仔喙喃（nauh）咧喃咧，就是講袂出聲。毋過伊知影，這陣所講的話，上帝攏有聽著。

揾壁鬼

1

　　地下室的冊櫥誠久無整理矣，埃一重埃。早起用雞毛筅共筅予清氣，摸開屜仔，雄雄一塊玉墜跳出來，白雪雪的玉仔帶血絲，一條紅絲線纏規毬。我沓沓仔共敨開，同時也搙出一段久年崁藏的記持。

　　1970 年代，阿爸調派玉井警察分局。遐四箍圍仔是日治時期噍吧哖支廳的舊址，對面興南客運車站，後爿宿舍區，閣較後壁是闊閬閬的糖廠。阿爸是福建泉州人，故鄉已經回袂轉去矣，也禁止聯絡。伊無家己的厝宅，雖然小警員，嘛有分配著宿舍。

　　彼陣我初中二年，阿兄三年，欲去學校愛騎鐵馬向虎頭山跤，tshuàng 過幾若个路口，踏十外分鐘。宿舍區的巷道狹櫼櫼（ėh-tsinn-tsinn），逐時幾若个 oo-bá-sáng 佇遐會東會西，講甲冤家。毋過阮上興

(hing) 的是遐的木瓜樹，個定定生甲累累墜墜，若開始頓黃點，就有通食矣！

　　阿兄補習拚高中聯考，逐時暗轉來。阿爸若半暝巡邏日時會睏較晏，不過半晡仔會來木瓜樹邊劂 (thuánn) 草，伊講木瓜淺根，雜草會搶走養分。阿母規半冬咕咕嗽，有時會 khàp 出血絲仔，掠準是肺癆，但是電光檢查閣無按怎。伊常在看醫生，有時嘛會揣一寡草藥仔加減試看覓。

　　有一個下晡較臨五點，我下課轉來真無聊，家己一个佇 tha-thá-mih （たたみ，疊蓆）頂輾來輾去。

　　這間日本宿舍大約十外疊 (thiáp) tha-thá-mih，茄仔色的裷 (kún) 邊拄換新。頭前是「玄關」，邊仔規排的玻璃窗，攏是 hi-nóo-khih （ひのき，檜木）的柴框。閣踅過，兩座雙捒 (thuah) 門的 oo-sì-lè （おしいれ，壁櫥），分頂下層。內底园衫仔褲、雜物，閣囥阿爸的一堆冊，有對軍中留落來的，也有中醫藥冊、樹木花草大全等等，攏是我無興趣的。

　　口面日頭斜斜照佇木瓜欉，室內小可仔黯淡，我頭殼越來越去四界探。天篷是上勢烏白想的所在，一片澹澹像中國地圖，閣溦出去是海湧拍壁起波浪。我隨想著「反攻大陸，解救同胞」，這是寫作文定定用著的落尾句。我閣看轉來 oo-sì-lè，倒爿捒門開一半，頂頭格空空，啥人提物件關無好勢？我掠彼縫金金相，烏烏酷酷，壁灰遛皮遛皮。我想起舊年暑假去頭前溪掠鰗鰡，曝甲尻脊骿褪殼，予阿母罵甲欲死，這時陣……

佇 oo-sì-lè 倒片頂角，突然浮出一粒頭殼。起先霧霧，愈來愈明……啊，一个看起來二十外歲查埔人的面，目睭大蕊鸚哥鼻，下頦四方（sì-pang），海結仔頭捋甲真整齊。

我掣一下，想講家己敢是咧陷眠？捏手看覓，會疼呢！毋過老師時常共阮教示，科學時代袂使烏白迷信。敢是幻想？我雙手四界捎，拄捎著阿母檢查肺部的一卷電光片。

「若準是幻影，用這共照應該會無去！」

我提彼卷電光片，當做千里鏡看向彼个面。想袂到伊敢若感覺趣味，一直笑一直笑，喙佮目睭慢慢裂到耳仔邊，紲落規个溶去流落 tha-thá-mih 溢對我遮來……俺娘喂呀，驚死人！我翻身跳落來，褪赤跤躘過「玄關」，走過幾若間宿舍，傱入去分局的值班台，怦怦喘。

「阿爸！阿爸！有鬼啦……」我蝹落去，面仔青恂恂。

「寬寬仔講，寬寬仔講……」阿爸共我攬起來。

伊聽我講煞，並無露出驚惶的表情，只是拍我的尻脊，「無驚，無驚！」我想，阿爸較早是步兵少尉，經過戰爭，閣綴國民黨撤退來台灣，改途做警察也誠久矣，定著看過足濟奇怪的代誌。

這應該是日時的眠夢，我漸漸共放袂記。

2

熱天的暗暝有夠鬱熱，一枝大同電風吹四个人，半暝變燒風

閣兼吭吭叫。我睏佇電風邊反來反去，無偌久感覺緊尿。

去便所愛開一个 siòo-jì（しょうじ）門，斡過一面白壁。Hi-nóo-khih 的地板誠金滑，踏著 i-i-uàinn-uàinn，我真小心行。

雄雄……敢若有啥貨佇頭前振動，有影若無影。足像一个無跤步聲的人揹壁咧移徙。

我有一點仔膽膽（tám-tám），不過，老師的教示隨浮上心頭，科學時代，無鬼。我目睭按按咧閣向前行。佇壁堵的斡角仔，先探一下頭，「無啥物！扰才是幻影啊！」

便所枋用 hi-nóo-khih 的角仔托牢咧，ī-uàinn 叫 lȯk-lȯk-hián。我尿濺完就緊越倒轉來。

一个影閣揹佇壁頂。這擺人的形體愈明，我的心內起顫，三步做兩步，較緊轉來麗佇阿兄的身軀邊。電風原在吭吭叫，我目睭直直看天篷，真久才睏去。

隔轉工，我無共人講起這件事。想袂到就按呢，這个揹壁的形影半暝定定來纏綴矣！

「我有幻想症 nih？」有時家己頭殼拍拍咧，幌幾若个。毋過彼个形影幌袂掉，閣愈來愈明。

「是 oo-sì-lè 彼个！」我的感覺那來那確定矣。

有一暝，我閣起來走便所，伊頭殼、跤手的形體竟然明明明，兼攕手愛我綴伊行。

伊經過灶跤、浴間仔，鑽過關牢牢的後門。我拍開一个縫就綴出去。

伊跍佇宿舍下面的通風口，敢若暗示內底有啥物。

通風空原本有幾若枝柴箍擋牢咧，這馬斷了了矣。因為不時有蛇趖出來，我一直毋敢倚去。

空口的邊仔有一簇牛筋草，五穗的長花托懸懸，搖咧搖咧。這種花枝我定定用來擽（ngiau）杜伯仔。

隔壁間的電火猶光光，彼个欲考大學的姊姊真拚勢。黃錦錦（n̂g-gìm-gìm）的光軁過毛尾仔，拄好炤向通風空內底。

恁我來的形影消失矣，換我跍佇空口。探頭入去看，一寡竹爿仔、瓦柿仔遺（i）佇遐，蜘蛛絲牽甲規四界。我閣看較詳細，倒爿角有一跤柴箱仔，生菇兼上（tshiūnn）青苔，若像囥誠久無徙振動過。

三更半暝，我毋敢入去，等明仔載才閣來看覓。

3

下晡散學，阿母當（tng）用藥鍋仔咧煎（tsuann）車輪茶。彼是人送的，聽講會治嗽、去痰。

「阿母，彼个通風空內底有啥物？」

我雄雄問這，阿母感覺奇怪。

「遐擨（hìnn）一寡無路用的物件，足久無人咧揬。你毋通去烏白軁 neh，予歹物纏著就害矣！」

我假影欲去頭前迌迌，毋過佇木瓜跤踅兩輾就軁對厝後去。跍佇通風空頭前，西照日正正射入烏暗的所在，一陣臭殕味飄出

來。

　　抽一枝竹片仔共彼跤柴箱黜 (thuh) 看覓，閣會徙振動。我蜘蛛絲抐抐咧，小可巡一下就爬入去，半拖半捐，共柴箱摸出來，才發現邊仔蝹一輾龜殼花，心頭嚓一下。

　　捐壁的形影，是欲愛我看這跤柴箱啦乎？有啥物祕密？

　　我揣著一枝 loo-lài-bà（ドライバー，螺絲起子），瞪力共柴箱蓋撬 (kiāu) 開。

　　內底有一个咖啡色的皮袋仔，舊落漆皮遛遛，兩粒銅鈕仔一層綠色的銼。共摸開，啊，一本烏皮的日記簿，小可有厚度。

　　我共提去藏佇冊桌仔下面。

4

　　拜六下晡，孤一个佇厝。這是看彼本日記的好時機。

　　佇大正四年（1915 年）寫的日記，有的已經碎去矣，我誠細膩仔翻，拍算有機會就讀一寡。

大正四年六月十五　天清清

　　往竹圍仔的斑芝花已經落甲無半蕊矣，顛倒是溝仔邊的菅蓁發甲茂 (ōm) sà-sà。月光暝的水蝺蚣含 (kâm) 露水，草枝中央彼粒綿綿絨絨的花球，媠閣有芳氣，我就挽幾枝仔來送雪玉。

　　雪玉個兜的五落厝，規排躼躼長，燈火光咧爍咧炤向厝頂尾。較早用來防土匪的四个銃空，四條光線尖利利射出來。

五落厝，佇嚊吧哖角勢只有這棟。個較早算是地方望族，山坪土地誠濟，毋過這陣山坪予政府收去，平埔強制種甘蔗閣愛抾稅，生活穤落去。雪玉本底讀漢文、學繡花，嘛算是千金小姐，這馬佇糖廠做工矣！不過也是因為伊去糖廠上班，阮才有這个緣份。

雪玉面模仔圓圓，縛兩枝毛尾仔，生做細粒子，看起來古錐古錐。伊佇糖廠兩冬外矣，今年扷十八歲，足濟人做親情（tshin-tsiânn），毋過伊無欲遐早嫁。

我一冬前調來嚊吧哖支廳了後，逐時輪著徛門口，糖廠上下班時間就看雪玉行對頭前過，我掠伊金金相，伊起先頭殼犁犁真歹勢，落尾會擇頭共我文文仔笑。

這个縛毛尾仔共我文文仔笑的姑娘，定定予我睏袂去。有一工終於提出勇氣佮伊講話。阮互相有好感，講話誠投機，真緊就有戀愛的感覺，緣份天註定啊！

下暗個兜的人攏咧睏矣，我擲石頭粒仔佇內面角的厝頂，一觸久仔，雪玉就開門出來。伊扷洗頭拭焦，頭毛金金閣有淡薄仔黃目子的芳味。黃目子，正名無患子，果皮洗頭兼保養毛絲，果子（kué-tsí）做佛珠，聽講柴箍嘛會當趕鬼。這種樹仔佇鼓井邊就有一欉。

阮佇鼓井邊講話，伊坐咧我徛咧毋敢傷倚去，驚人講話。這个鼓井是竹圍江家部落食水的所在，規年週天清冽冽，聽講下面週竹圍溪。

雪玉講個阿爸最近較荏 (lám) 身，不時喀喀嗽。後日去虎頭山就順紲薅 (khau) 一寡臭腥草予伊燖豬肚。另外，伊講親族仔攏咧會 (huē)，較早糖廍時代價數袂穤，這馬糖廠強制採收，做個的工閣予監工歹甲欲死，厭氣積規腹火。

我共伊安慰，這是過渡時期啊，以後應該會較好。

大正四年七月初七　好天　日頭炎

支廳兩爿邊仔的赤查某仔愈發愈茂矣，長褸褸的花枝，黃心的白色花蕊，佇風中搖搖擺擺。伊正名咸豐草，水溝邊草埔仔頂四界淀，燃青草茶誠好用。

下晡正輝桑佮我全款歇班，就相招去虎頭山薅青草。櫻木正輝巡查今年二十五，加我三歲。伊目睭長長無重巡，鼻翼幼秀下頦尖尖，生張瘦抽，漢草無我遮好，毋過穿衫真擎紮。聽講佇內地就時常採集野草植物做研究，來嗊吧哖支廳服務，近倚虎頭山，而且知影我有興趣，就時常相招上山採集。伊慣勢量寸尺、素描做紀錄，我算是伊的同伴兼助手。

我是大目降蘇厝的人，來遮做巡查補，起先借蹛後旦仔的舊瓦厝，後來受著正輝桑致蔭，共頂司推薦掛保證，才會當佮伊做伙蹛宿舍。

日本宿舍規間攏是 hi-nóo-khih，聽講木材是阿里山的。Tha-thá-mih、siòo-jì 門攏誠文雅清氣。Oo-sì-lè 分兩爿四格，兩个獨身仔的物件無蓋濟，其中倒爿彼兩格就用來收藏青草。

曝焦的草仔一袋一袋囥甲真層貼（siap-thiap），標頭有台灣民間土名、正式學名，也有正輝桑家己號的。伊講有一工會出一本冊，專門介紹虎頭山的青草。

宿舍頭前有幾若欉野生木瓜，生甲累累墜墜，聽講有的已經二十冬矣。今仔日透早兩个攏穿長襪衫，戴𩛩棉殼仔（探險帽），紮收集袋佮鉸刀、短尺、水壺，欲閣上虎頭山。行過木瓜欉時陣，有兩个查埔囡仔雙手掌（thènn）佇牆仔頂向內底探頭。我拄欲大聲共吒，正輝桑撲手講莫插佢。

虎頭山的路真歹行，大粒石頭擋佇路中央，細粒的尖利利，路邊野草真濟。

「清木桑！袂使講野草。」正輝桑逐擺若聽著「野草」兩字，就共我糾正，「雖然毋是種佇花園予人照顧，每一欉草仔攏有伊存在的價值，講野草是無公平的。」

真是一个疼惜大自然的人！以我所知，虎頭山頂的所有青草植物，攏有無仝款的嬌，也攏是藥草。準講有毒，嘛有某種治療的功能，真正袂使看輕佢。

今仔日採足濟青草，有一蔀叫袂出名。

「等你號名啦！」我笑笑共正輝桑講，「奇巧的草，就號你的名。」

「Ho-ho……」正輝桑真少有遮爾豪爽的笑聲。伊對青草收集研究毋但有興趣，閣兼當做使命。

不而過，佇落山的時陣伊突然共我講：

「清木桑，以後欲閣上山採青草，可能較無時間矣！」

「為啥物？」我越頭看，伊的目頭結結，吐一口氣。

「對西來庵淡出來彼篷土匪，行動愈來愈捷 (tsiáp) 矣！支廳得著通報，昨昏佇牛港嶺，巡查柄谷末吉彈死賊頭江定的囝江憐，毋過家己煞予江定彈死，誠害！這馬已經派人去搜山矣，不過個是毋是會雄雄發動攻勢，就真歹預料啊！」

正輝桑閣講，遐匪徒身軀攏有紮符仔，掠準按呢就刀銃不入，真是迷信無知。

我恬恬毋敢應伊，毋過心內咧想，遐的起來反抗的人，攏是土生土長的啊，就像山內自然生長的青草全款，會反抗一定有某種緣故。

5

阿爸下暗有佇厝。依照勤務安排，阮大概三四工會有一擺機會，全家做伙食暗頓，歡歡喜喜開講。

「Goo-háng（ごはん，飯）喲，goo-háng 喲！」阿母較早是府城的明治公學校畢業，三不五時會落幾句仔台灣腔的日語，我聽久也感覺有趣味，有時嘛會學伊講。

不過阿爸誠無愛聽著日語。伊是福建泉州人，講的閩南語佮阿母的台南腔相透濫，變成阮兄弟仔的台語腔口。

「今仔日有兩尾溪哥仔，是隔壁的 Tsín 桑去釣的。閣有四粒雞卵是咱飼的雞母生的……」

阿母提一塊砸（phiat）仔出來貯（té）彼兩尾溪哥仔，伊講這是日本砸仔，嬌閣幼路，台灣做的粗 pê-pê。

阿母開始數念日據時代的好。建設誠濟，管理眞嚴，掠著賊仔推（thui）甲欲死，無人敢做賊。

確實，一直到今（tann），阮蹛的宿舍逐時放空營，門窗攏齊開嘛毋驚有賊仔。

阿爸滿腹對日本人的怨恨，講起八年抗戰、南京大屠殺就咬牙切齒。伊大阿母十外歲，誠疼某，下班了會門洗衫洗碗款內底。佇厝內，阿母敢若是一家之主。毋而過，伊若聽著阿母直直講日本的好，會無張持掠狂起來。

「莫閣講啦！」阿爸大聲抗議。

我較緊揆阿母的衫裾角，伊隨就恬落去矣。

大正四年七月十五　烏陰有雨

正輝桑的擔憂總算應驗矣！

這個月初八，余清芳探聽著大部份警力去佇牛港嶺搜山，就起動人馬攻擊十張犁、大坵園、蚊仔只、河表湖、小林一帶的派出所，見著日本人就刣。

初九透早，閣進攻甲仙埔支廳，共警察佮家屬攏整整死。個的行動予人捎無摠頭，毋知啥物時陣會湠來到噍吧哖？

我誠久無轉去大目降矣，房頭內的蘇有志已經予台南廳逮捕，而且摝一捾若肉粽。阿爸有叫人寄話，愛我較謹慎咧，莫

去牽連著。

　　想著有志伯仔，原底誠好額，糖廍、魚塭仔、田園不止仔濟，台南廳閣倩伊做參事。無疑悟去佮內地人投資股票，規个家伙去了了。落尾逐時守（tsiú）佇西來庵，煞敆（kap）著余清芳彼篷人，下場誠淒慘。王爺公一點仔都無保庇，真正料袂到啊！

　　我佇大目降出世，細漢時陣彼條街仔鬧熱閣好耍，印象中有一個王秀才，聽講這馬已經去佇市內米街做生理矣。

　　大目降平洋較濟，也比噍吧哖加誠鬧熱，尤其是三角湧，逐早起絞絞滾，人聲喊喝。實施清查中間，遮的土地被沒收的狀況，無像噍吧哖一帶的山林遐爾仔嚴重。

　　我本底真想欲調轉來新化，毋過熟似雪玉以後就開始躊躇，閣加上正輝桑的關係，就一直留落來。想袂到局勢變甲按呢，山區農民抗日的情緒絞絞滾，欲踅落去無遐爾簡單。

　　正輝桑講遐的土匪會愈絞愈大篷，可能是有庄頭部落共支援。我無張持提起1905年開始的林野調查，真濟民間地變做政府地，稅金也愈拄愈重，是毋是會影響百姓的心理？我講出這心內有一點仔不安，雖然正輝桑佮我交陪親像換帖兄弟，毋過按怎講嘛是內地人，也是頂司，若予變面起來，代誌就大條矣！

　　「這是啥物款的觀念？完全毋著！這个所在佇支那統治時期，原本一片落伍無開發的山林，是日本政府帶來文明佮進步，

你看，這馬戶口、土地清清楚楚，道路開甲真好行，逐項管甲四序四序，規規矩矩，這是真大的進步啊，本島人應該有感恩的心才著！」

櫻木正輝巡查的形威雄雄出現佇我頭前。目睭氣口嚴肅，無像咧開講。我心頭嚓一下，緊恬去。

大正四年七月二十四　好天日頭炎

宿舍的木瓜欉下面，最近出現一簇艾（hiānn），青翠帶一點仔殕，伊的枝葉尾溜親像練宋江用的戟（kik），本島人會共掛佇門口避邪。正輝桑講內地有一種吉祥樹 ná-gih（ナギ），艾是本島的 ná-gih。

下晡雪玉佮我攏歇假，就做伙佇宿舍的邊仔行行咧。伊最近攏穿闊閬閬的洋裝，講按呢較涼爽輕鬆。手扦佇腹肚邊，伊一直看彼排木瓜樹佮木造的房舍，深深欷一口氣，

「木瓜的芳味，hi-nóo-khih 的雅氣，這是內地人比咱較懸一級的顯示啊！阮阿爸定定嘛共細漢小弟講，將來愛好好仔讀日本冊，才有機會號日本名，過高級的生活。」

「我參正輝桑做伙遮久，感覺需要學習的是個做代誌的精神，誠頂真、一定欲做甲足四序。」內地人佮本島人身份差別誠明顯，到今因仔猶袂當做伙讀冊，不而過我原在對內地人這部份表示欽佩。

雪玉看著牆仔邊有一簇雞屎藤，開誠濟白色小花，花心有

一跡親像予火焐著，紅紅的記號。伊跤步停落來，像咧想啥物。

「這是雞屎藤。」我挽一蕊予伊，「枝葉共裂 (liah) 開有一个臭腥味，毋過真有路用，會當治嗽、腹肚疼，糊粒仔佮外傷。」

雪玉共花撫撫咧，感嘆，

「伊的名足臭賤，味嘛無好鼻，但是真堅強淡甲規路邊。伊有時恬恬開花恬恬蔫去，有時閣會絆倒過路人。親像台灣人的命運……」

我緊共伊的肩頭慢咧，看兩爿邊仔，

「毋通按呢講……」

最近情勢真緊張，支廳派足濟人去搜查匪徒，嘛有一寡報馬仔四界聽耳風，我暗示伊講話愛較細膩咧。

雪玉苦笑，繼續行。伊拄好看著一欉狗尾草。

「啊，狗尾！」伊共捘起來，抧 (hiat) 落水溝，紲落頭殼靠佇我的胸坎。我手伸去攬伊的腰，感覺伊這馬敢若肥若濟。

「清木，阿爸咧催咱的婚事矣！我是大姊，咱也已經交往誠久，而且也已經……阿爸講較緊嫁嫁咧，才袂予人加講話。」雪玉講著這，面煞紅起來。

「我嘛想欲較緊完婚啊！」我看向虎頭山彼爿的天頂，一群雲尪徙來徙去，「等匪徒暴亂平靜了後，我就轉去大目降共阿爸阿母參詳，準備婚事。」

我手伸入橐袋仔，提出一條準備足久的白玉墜被鍊。白雪雪的玉墜箍銀邊，縛編織的紅絲線。

共袚鍊掛佇雪玉的領頸，佮伊秀氣的面模仔，純潔的心，嶄然仔鬥搭。

大正四年八月初三　毛毛仔雨

匪徒余清芳、江定的人馬愈來愈接近噍吧哖支廳矣。

昨暝三百外人去進攻南庄派出所。個用汽水矸仔裝番仔油火攻，十二個警察佮查某人、囡仔攏燒死，逃出來也予個剖死，真夭壽！

情勢真緊急，大目降支廳長已經帶領警察隊過來，台南廳的步兵也出發矣。

正輝桑已經停止青草收集，伊誠憤慨，

「這幫土匪用迷信煽動遐濟人暴亂，連無抵抗能力的人也剖，ba-ká-iá-looh（ばかやろう）！個猶毋知死，等部隊佮大砲趕到，必然十倍百倍奉還！」

伊講甲咬牙切齒，額頭的筋浮出來。我體會著日本民族的火性，著（tòh）起來誠恐怖。這個平時親像學者的巡查櫻木正輝，扲拳頭拇講欲十倍百倍奉還的時陣，我心頭直直畏寒起來。

遮的匪徒攏是山內人，有 Hō-ló，也有平埔仔，個敢準會當偃（ián）倒日本政府？抑是遮爾仔毋驚死？

6

今仔日是雙十國慶，規定早起先佇高中的運動埕集合參加慶

祝大會，才閣去踅街遊行。

參加的人有高中生、初中生佮各班導師。典禮的主席是縣議會議長。徛佇遠遠的台仔頂看袂清楚，干焦感覺伊的面肥朒朒，腹肚足大圈，西裝鈕袂起來。伊看稿讀詞，華語台語日語濫濫做伙。

「各位來賓各位同學大家好，今天是中華民ㄍㄨㄟˊ的重要日子，談到中華民ㄍㄨㄟˊ的 hŭn-tòo-sì（奮鬥史），就想起共產黨的陰ㄇㄛˊ。」

學生攏擋袂牢哈哈大笑。大部份老師毋敢笑，顛倒走過來搝手，叫逐家恬恬。

遊行煞，我轉來厝學話予阿母聽。伊毋但無感覺好笑，閣講這个議長雖然國校讀無畢業，毋過誠有日本精神。

大正四年八月初四　烏陰天

匪徒大隊人馬已經渡過後堀仔溪，順虎頭山進入噍吧哖北爿。個的跤步真緊猛，踏過的草仔攏窸窸窣窣拍招呼。敢講個嘛是野草的一種，佇山谷溪流中間四界迌，自由來去。

台灣總督府已經派出步兵佮砲兵急速趕向噍吧哖來。支廳緊急鞏（khōng）磚仔疊石頭做幾若个掩堡，安機關銃，配合警察隊全力顧守支廳，等候救兵來到。

警察宿舍內的眷屬佮街面上的內地人，攏去蹛佇糖廠宿舍避難矣。糖廠暫時停工，我顧慮雪玉的安全，特別拜託正輝桑

共安排去糖廠宿舍暫踮。

　　這是一場啥物款的戰爭，唉！

大正四年八月初七　烏陰霎霎仔雨

　　這是一場悲慘的戰爭，對初五透早開始，虎頭山頂就鑼鼓喧天矣！

　　佪對竹圍仔彼爿衝過來，佇支廳頭前遠遠的所在開始開銃，看起來銃枝無蓋濟，毋過排進前的是一大陣裼腹裼的戰士，有的攑大刀，有的攑宋江陣的戟仔，也有的攑長長的竹攕……做一下溢過來，像拄偌出樹林的猛獸……

　　兩枝機關銃拚命掃射，百外个警察攑步銃綴咧彈，一寡支援的內地人負責補充銃子。

　　有的被掃著，有的被彈著，佪一个一个倒落、仆落，佪大刀硬剺，竹攕硬挨，有一半个仔攻入來掩堡，隨予阮鏨死。

　　佪的腰帶頂頭恍恍有一張黃色的符仔。

　　我一直彈一直彈，彈甲起交懍恂。佪內底有我的親情好友無？若認著敢彈會落去？毋過若無彈就愛死家己。

　　佪一个一个死去，腰身的符仔無一點仔作用，嘛是閣一直喝咻一直衝。喝剺的聲，慘死的聲……衝（tshing）上天頂，淹滿規个嘍吧哖。街面上彼間北極殿的上帝公敢無出來看覓？

　　我一直彈一直彈，同時暗暗仔祈求……

　　「佛祖啊，佛祖啊，叫佪莫閣衝來啦！」

唉，可憐的同胞，哪會一直欲來赴死？我目箍澹起來，閣驚予邊仔的巡查看著，較緊拭掉。

到甲欲暗，佫看一直攻袂入來。總算退去。

初六透早天挂光，佫閣來矣！

這擺人數是昨昏的加倍濟，武器除了大刀、戟仔，閣有菜刀、鋤頭、草鍥仔。鼓聲、喝刣的聲、彈銃的聲、慘叫的聲，摻摻做伙從入來我的耳空。我越頭眪一下，發覺正輝桑露出懼怕的眼神。

我閣再祈禱，「佛祖啊，佛祖啊，叫佫退去啦！」我想，是毋是我的佛祖會當佮佫的神明參詳，叫佫退去啦！

擋甲過晝，逐家規身軀攏血水、汗水、銃煙……，規塗跤的屍體，對幾十米遠疊來到掩堡頭前。銃子已經用欲盡，救兵若閣無來就害矣！

「Piáng-piáng！」忽然間，對後旦仔彼爿傳來無仝款的銃聲。

「Bóng-bóng……」紲落佇芒仔芒、沙田彼面有幾若擺大爆炸的聲。

救兵到矣！規篷人佇戇神戇神中間雄雄醒起來，一寡驚惶的表情攏消失去。正輝桑喙角小可翹一下。

「Bóng……」一粒大砲落佇百外米遠的所在，十外个裼腹裼的匪徒做伙慘叫，齊齊噴出去，頭殼、跤手、身軀、腸仔

肚……像落雨閣落轉去塗跤。我一時頭眩目暗，強強欲吐。

匪徒予大砲捙一个著生驚，規群越頭起跤 lōng。我邊仔的人攏待起來，跳過掩堡逐出去。我走上後壁个，猶未開銃，跤就一直軟落去。

個這擺真正退甲離離。不而過，閣較悲慘恐怖的代誌佇後壁發生矣！警察佮部隊開始追殺、圍山……第一个清庄大屠殺的所在是竹圍仔！

我想起正輝桑講過的話：「連無抵抗能力的人也刣……等部隊佮大砲趕到，必然十倍百倍奉還！」

大正四年八月初十　烏陰天

規个竹圍對庄頭刣甲庄尾，紲落放火燒，攏總燒三百外間。

雪玉自昨昏就想欲轉去江家部落看覓，我一直共攔（nuâ），落尾嘛是擋袂牢。伊今仔日透早拍殕仔光就走轉去矣。

啊……死了了矣！屍體猶閣蝹佇燒無盡的壁角，鱟佇路邊草埔仔頂，掛佇溪邊菅蓁頂，仆佇溪底石頭頂，無人收埋。

四界攏是焦去的血跡，原底青翠的草仔頕頕蔫蔫，規身軀開滿血色凄慘的花。

一隻揣無鳥岫的望冬 tiú 仔，身軀全血，飛來飛去吼 tsiuh-tsiuh。

阿爸阿母！阿伯阿叔！小弟小妹……攏死矣！雪玉哭甲死來昏去。伊想欲收埋個的屍體，我勸伊慢且是，恐驚有抓耙仔

通報，毋但伊危險，連我甚至正輝桑攏會牽連著。

　　這是啥物款的世界！我心裡一直感覺悲哀。

大正四年八月十一　雷公爍爁　落大雨

　　「你是台灣人抑是日本人？」

　　雪玉下暗掠我金金相，我身為日本警察刣死遐濟匪徒，遐濟用武力對抗日本人的台灣匪徒，伊無法度了解我的身份認同。

　　我共講我是刣上少人的一個，嘛無參與竹圍仔屠庄的代誌，毋過伊無相信。伊頭一擺予我知影，日本警察叫抗日軍是土匪，毋過個叫日本警察是精牲、四跤仔。我想，阮的愛情已經像受傷的草仔，必做幾若叉，佇風中飄搖。

　　正輝桑一直共我安慰，伊講暴亂朆落去矣，會使準備閣去虎頭山收集草仔，繼續做研究。

　　「我定定想一个問題，遐的規山坪的匪徒敢會是野草的一種？」

　　「啥？」正輝桑起先莫名其妙，紲落敢若嚨喉窒牢咧無法度應。伊目睭展大蕊，我較緊共頭幹邊仔。

7

　　宿舍後面的糖廠就像阮的後花園，禮拜日有同學來揣我迌迌，我就焄個入去趨趨咧。守衛知影我是警察仔囝，擛一下手放阮入去。

阮去內底食冰枝配紅茶，閣佇花草樹木誠嫷的日本宿舍區走來走去。個遮闊莽莽 kânn 清幽，比阮蹛的警察宿舍好足濟。較早日本人一定真重視這个所在。

糖廠入口的倒爿，有真大範的辦公室，頭前一大片草坪。正中央姓一个蔣中正銅像，穿誠挺 (thíng) 的中山裝，倒手插胳，正手托一枝柺仔，目睭永遠直直看頭前。有的同學共行一个禮，「偉大的領袖」，是每一个慶祝節日定定重複的話。

今仔日誠拄好，行過兩排足懸的椰子樹的時陣，有兩个工人腰繞索仔，手攬樹仔，跤 tút 咧 tút 咧 soh 起去。阮兜時常有木瓜，毋過欲食椰子就真罕得。會記得一擺我感冒燒甲真厲害，阿爸去買一粒椰子予我退火，椰子汁滋味有夠好。

我佮幾若个同學倚佇椰子樹跤看誠久，有人看甲流喙瀾。

大正四年八月十四　日頭赤焱焱

牛車一載一載駛對虎頭山跤去，曠闊的草埔仔早就開一个足大的傷口，等待。一具一具的身屍摔落來，親像摔一堆劏掉的野草。

雪玉今仔日規工揣無人。伊這站規个人神神，共講話無啥咧應。發生遮爾大的變故，心情一定真歹平復啊。

我對早起一直揣，伊無去糖廠上班，也攏無行過支廳附近。敢會閣轉去竹圍仔？毋過遐這馬一片陰風慘慘親像枉死城。

逐跡攏揣過矣，我只好走一逝竹圍仔看覓。

個的五落厝睹中央彼棟，四箍輾轉的厝燒了了矣。幾若欉茄苳樹燒甲睹一節樹頭。佇月光下，我行去較早阮定定約會的鼓井邊。

佇遮，彼欉黃目子燒甲烏趄趄。我看著一雙紅色的弓鞋，一頂新點點的瓜笠，頂頭插一蕊雞屎藤的白花。

我看一下，跤腿無力蝹落去。

「雪玉啊，你哪會欲按呢……」

我覆佇鼓井邊，兩港目屎像溪水流袂離。

大正四年八月十七　歹天霎霎仔雨

我已經編幾若工矣。用牛筋草一條一條編，像咧編雪玉的毛尾仔，一節一節接，會變成足長足勇的草索仔。

正輝桑誠好奇，也感覺有趣味。

「真特殊的草啊，遮爾勇閣嬌氣的草！有精神的草索仔，我嘛想欲來編一條。」伊一直搎這條索仔，呵咾甲觸舌。

今仔日我閣去取一條有真濟花蕊的雞屎藤，共箍佇牛筋索的頂頭。

正輝桑輪著顧值班台，伊約落後日閣再去虎頭山收集調查青草。

美麗的草索仔已經完成矣，頂頭有雪玉上佮意的花，花心有烏血色的印記，親像阮的約定。

我共天篷拆破一空，一直看內底彼枝橫杆，hi-nóo-khih

的，應該有夠勇。我的日記也該結束矣，這是我的祕密，也是一个時代的祕密。

8

日記較清楚的部份大約看過矣，這中間，彼个形影有時閣會出現，毋過攏一觸久仔就無去。我捌聽阿母講過，彼行路倚近壁邊無聲無說，定會予人驚一趒的，外號叫做「揭壁鬼」。我想這个形影是真正的揭壁鬼。

有一工我終於擋袂牢，共日記提出來予阿爸阿母看，同時講出揭壁鬼的代誌。

「唉！」阿爸吐一个大氣，「其實我半暝巡邏轉來嘛定定看著，想袂到原來是按呢……」

對照阿爸的鎮靜，阿母的反應就不止仔激烈。

伊雄雄起嗽，連續喀喀叫十外分鐘，紲落喀出血絲。阿爸驚一趒，緊共扶去眠床，叫我去街仔路請郭醫師來。

阿母這是誠半年的老症頭，檢查無病，醫生共注射伄 (thiānn) 元氣，交代愛歇睏，嘛無其他較好的方法。

對日記的內容，揭壁鬼的出現，阿母的病症種種，我內心產生重重疑問，相對阿爸的鎮靜，也予我暗暗仔不滿。

有一工，我散學無隨轉去，而是斡去竹圍仔，揣彼口古早井。

竹圍仔是江家的古厝，中央的五落厝看起來猶閣好勢好勢，

對四个防土匪的銃空會當看著內底。有幾个仔老人坐佇小門的石階，一寡假山佮盆景拍算足久無整理，看起來蔫蔫，閣有野草四界湠。

有一个頭毛喙鬚白的老阿伯，指向一座紅毛塗羣誠懸的水塔，講鼓井就佇遐。

我行倚去，順牽幾若條管的水塔踅一輾，總算佇陰陰濕濕的後角看著一个鼓井。已經用鐵枝佮柴箍坎起來，靠小 mòo-tà（モーター，馬達）共水絞上水塔。

日記內底寫的茄苳樹、黃目子攏無看著影跡，四箍輾轉全是歪膏揤斜卡青苔的舊壁牆。

我跕落來鼓井邊，目睭瞇瞇，心內無張無持，一陣悲哀。無偌久，我目睭裼開的瞬間，雄雄影著一條紅線，對一塊破瓦片下面旋出來。這是啥？我心頭呧噗愉，勻勻仔共瓦柿仔掀起來，看著紅線牽對塗底去。

我誠細膩，順紅線慢慢仔掰開塗沙……啊，竟然是一塊玉墜仔，箍銀邊，白雪雪，毋過內底親像有血絲。

一時陣，我頭殼愣愣神神，日記內底，雪玉跳井自殺的情景，一幕一幕走出來。

9

阿母看著這條玉墜袚鍊，突然間大聲哭，閣倒落 tha-thá-mih 輾來輾去，起痟全款。

　　對神明信仰誠淡薄的阿爸，一時煞也六神無主。經過同事的苦勸，就毛阿母帶玉墜被鍊去北極殿拜上帝公，閣去鼓井邊燒金。

　　阿爸佇鼓井邊種一欉三尺懸的黃目子。樹栽本底瘤瘤（tan-tan），我逐時散學就順紲幹來沃水，無偌久，竟然也開始茂盛青翠，這是我初擺顧樹欉的經驗。

　　到甲寒人，天色誠緊暗，我有時會坐踮鼓井邊，想起溫馴的雪玉姑娘，想著個悲情的愛。有時閣提出彼條白玉被鍊，看伊的血絲，佇黃昏漸漸暗去。我想，這若是來拍電影，應該會予觀眾目屎流袂離，無輸梁山伯祝英台。

　　佇沃水的中間，彼个頭毛喙鬚白的老阿伯，有時會散步過來，頭殼頕咧頕咧閣離開。伊看我共黃目子顧甲誠好勢，有一擺過來參我講誠濟話。

　　「彼當時日本兵來到竹圍仔，見人就彈，倒佇塗跤的閣用刺刀插一下，阮阿母尻脊偕（āinn）小妹，我綴佇後面走，順溪岸傱入甘蔗園。好佳哉，走有過手。」

　　「阮覕佇甘蔗園幾若工，才逃去北寮投靠親情。足久母敢轉來老厝查看。」伊目箍澹澹，用手碗拭過閣繼續講。

　　「這个鼓井，有一个故事。」

　　「庄內的人死的死逃的逃了後，有一个暗暝，紅嬰仔的哭聲傳去到竹圍仔溪，過路的嘛攏有聽著，毋過拄佇日本人清庄大屠殺無偌久，無人敢倚去看。」

　　「經過一段時間，就有聽著風聲。講有一个拄出世的紅嬰

仔，予人擲佇鼓井邊，規暝嘛嘛吼。經過日本警察查看，落尾，予一個巡查抱轉去。這個巡查誠少年，猶未娶某。聽講，無偌久伊回轉去日本，就順紲將囡仔炁過去。」

「遐爾仔殘忍的殺人兇手，也會有一點仔良心，唉！想無。」老阿伯連紲一口氣共故事講完，吐一口氣。

我本底掠準伊欲講雪玉跳井的代誌，想袂到伊煞講出這個故事。轉去我閣共日記提出來詳細讀，產生一寡聯想。

是毋是以後有機會，去日本追查這個囡仔的身世？這個囡仔敢知影養爸就是害伊變成孤兒的兇手？命運創治人，時代的悲哀，誠無奈。不而過，這攏是我的空思妄想。閣過一年，我初中畢業，阿爸也調離開玉井，我佇寒暑假來過幾若擺，紲落就無閣來矣。

10

阿爸已經過身誠久，阿母失智矣，彼本日記也毋知佗位去。本底神明信仰誠淡薄的我，落尾受牽手的影響，洗禮信基督。

毋過，彼當時阿母拜拜了後，氣管就沓沓仔恢復健康，揜壁鬼的形影也無閣出現。而且，阿母佮阿爸講話互動的方式有明顯的改變。一寡怪奇的代誌掩崁佇內心，長久無法度理解。

這陣看著這條玉墜袯鍊，心中又閣浮出這對時代悲劇內底，苦命鴛鴦的故事。檢采有後世人，個應該佇另外一個所在完滿結局矣！想著遮，玉墜面頂的血絲，親像勻勻仔散去。

雙眼

佇天頂，天公伯仔的雙眼逐時褫金金看眾生。踮世間，眾生的雙眼常在瞭（lió）來瞭去看代誌。歷史，就像一條擋袂牢的溪流，哩哩碌碌一直去。

定定有人咧講，歷史的怨恨會使杳杳仔放下，歷史的過程千萬毋通放袂記。了解歷史的真相佮對歷史的反省攏真重要。毋過話講倒轉來，咱欲對佗一个角度去看伊的意義？研究報告，政治辯論，茫煙散霧的相諍總是各有伊的理氣。

抑是有時陣，咱佇無意中踏入一个哀愁沉底的歷史現場，佇小所在聽小人物講小故事，閣坐踮溪仔垺草埔仔頂彼欉百外年的大樹跤，放空家己思考歷史的意義。這種思考，嘛無的確會較輸大人物講的大道理。

下面所寫的就是一个歷史現場的小人物的小故事。

1

　　大目降的八月，熱翕翕，日頭強欲共人烘熟去，街面原在遊客 iàp-iàp 爍。這陣學生歇熱，真濟府城人焄囡仔來迌迌。虎頭埤、中興林場、百年老街、楊逵紀念館、武德殿……真濟行踏的所在，有老人古早的記持，也是囡仔新鮮的代誌。

　　郊外當咧進行的，是大目降迴關廟埤仔頭的聯外道路。多外前計畫公佈，有住民提出異議，因為這是方圓幾十里內唯一留落來的綠色磅空，是長躼躼幾若百欉老樣仔，頭敨頭手牽手，自然秋凊的走廊。毋過，為著交通安全佮二高交流道車輛的疏散，主管單位佮包商全力疏通，半硬半軟，落尾連欲保留一百米的希望嘛無去。

　　怪手、豬哥仔、大卡車隆隆叫，嘛嘛吼，飛砂走石。路面用柑仔色三角筒箍一逝小通道，車輛相閃身攏駛真慢，誠細膩，恐驚抲（khê）著腹肚邊。這當中，有一个看起來六十外歲的 oo-jí-sáng，佇工地內底趖來趖去，頭殼犁犁目睭金金相準挖塗的所在。伊頭毛焙焙散散，馬面馬面，跤躼手躼。看伊 kha-khí 色衫仔褲佮行踏的動作，親像是研究歷史古蹟的學者。

　　「喂，這位教授先生，拜託莫徛遮徛好無，危險啦！」一个烏鉎烏鉎武脭武脭的中年人伐過來，欲笑毋成笑，無歡喜閣毋敢發作的表情，是工程的包商。「該挖的攏挖出來矣，是一寡死人骨頭爾爾，袂有啥物歷史古蹟啦！」

做工程若挖著古蹟遺物就愛停工，甚至規個計畫重來，莫怪得包商不安。講著這件拓寬工程，三個月前進行一半的時陣，就佇王公廟附近的防空壕發現兩大袋骨頭，紲落陸續幾若個所在嘛挖著。一時地方喊起來，風風雨雨，傳言眞濟。一群記者也抑倚來，相爭報導。

經過清理佮專家鑑定了後，確定是無主的人骨，攏總三千外具。

「一定是噍吧哖事件的死者！」一寡老歲仔佇廟邊會起來。有八九十歲的阿公仔，開始回想較早頂輩講過的，1915年彼件驚天動地的代誌。

「細漢捌聽阿媽講，當年噍吧哖事件，眞濟人予日本仔鑿頭踢落窟仔底。」清水里姚里長挲伊光秃秃的頭殼心，想起較早。

「彼當時啊，」噍吧哖事件要角蘇有志的外孫，陳振淵老先生吐大氣，「代誌過了，日本仔開始掠人，共南化、左鎮、玉井地區的抗日義士，押來大目降溪邊，頭殼鑿落來一跤踢落溪底，無人敢收埋。」

聽逐家議論紛紛，眞少年的民進黨籍林議員也出聲補充：

「這堆骨頭出土的地點，早前叫做湖仔內部落，附近有日本警察屠殺抗日義士的刑場。百年來經過戰亂，住民遷走了了。」

個講的話攏落佇報紙內底，有的擴大報導，呼籲政府應該深入調查，袂使清清彩彩就煞去。毋過嘛有的表示懷疑，主戰場是玉井南化左鎮，新化哪有可能死遐濟人？佇網路，BBS的鄉民

更是兩篷咧相削，大概分親日佮反日的意識言論。

2

這个六十外歲的 oo-jí-sáng，毋是考古學者，也毋是熱心主動來監視工程品質的公民。

伊號做廖溪河，徛踮大目降溪附近的販厝。佇衛生所退休幾若冬矣，到這陣猶是獨身仔。

伊平時個性恬靜，無話無句，但是若聽著人咧嚯吧哢事件，就雄雄黜出一句話：「江定正英雄，我是伊的乾仔孫。」

「啊哈，你講啥？」聽著的人攏毋相信，甚至會共譬相，「江定毋驚死閣勢相戰，你看起來古意斯文，聽著相拍就走甲尾仔直啦！」「講是江定的乾仔孫，鬼欲相信！」

遇著按呢，廖溪河時常是目睭瞪大蕊面紅絳絳，真受氣，越頭就走。

不而過，若遇著知己的，尤其啉酒半茫的時陣，伊就會詳細吐露一段誠稀奇，予人半信半疑的身世，而且那講那哭……

自六十歲提早退休了後，幾若年時間，一直沿後堀仔溪踅來踅去。我真早就想欲來矣，只是頭路無閒，這个所在是偏遠的荒郊野外，來一擺愛按算一工的時間，所以一直延延（iân-tshiân）落去。我是欲來解破一个傳說，一个關係身世，若真若假的故事。

數十冬前，警察退休的阿爸，肺癌尾期佇病床講出一个驚人的祕密，也是伊久年的鬱傷佮矛盾。

阿爸 1913 年出世，受日本教育，讀甲高等科。大爆擊時陣，做過一冬日本兵。戰後本底是糖廠駐衛警，落尾轉去派出所，變做正式的警察。

我讀初中時，開始淡薄仔知影大人咧論的社會事。

阿爸阿母真愛會日據時代的代誌，有時用台語，有時摻一寡日語，聽久嘛恍恍知影咧講啥。阿母讀國校爾爾，字捌無阿爸的濟，但是談論社會事，顛倒較有意見。

「日本人真有禮貌，見面 ái-sat-tsuh（あいさつ，問候）腰彎甲九十度。」

「日據時代建設做甲誠好，管理真嚴，無人敢做賊。」

「日本的物件品質優良，個戰敗轉去的時陣，tòo-sàng（とうさん，父親）買的瓷仔，媠閣幼路。」

……

阿母一直呵咾日本，阿爸有時會表示認同，有時恬恬無應，神神毋知咧想啥物。我佇邊仔聽著，定嘛會共揀幾句仔。因為歷史課本有八年抗戰，日本人刣死足濟中國人的記載，尤其上海大屠殺誠恐怖，佇我心中有一个陰影。

向時的警察，百姓攏叫「大人」。阿爸定定請個莫按呢叫。伊講，日本時代過去啦，叫廖警員抑是廖先生就會使。

阿爸自少年趣味草藥，也真勢拍拳頭，永春白鶴一百空八

式拍甲削削叫。伊出外勤真少紮銃，而是佇兩爿褲頭插一副「雙眼」。

「這副雙眼是共拍鐵仔店訂做的。」阿爸輕輕挲過雙眼的刀肉，若像咧回想啥物代誌，講：「你看，伊粗粗鈍鈍，是欲護身毋是欲刣人的。怎內公在生的時陣就紮這種雙眼。」

我自出世就毋捌看過內公，連相片嘛無影過。有一回我追問的時陣，阿母應一句：「怎阿爸足細漢就無爸無母矣！」

讀國校六年，一工我當咧掀尪仔冊《桃太郎大戰魔鬼島》，阿爸也挩倚來看，敢若比我較有趣味。

阿爸五十九歲辦退休，想欲專心做家己的代誌，無疑悟隔冬就著肺癌。因為小妹嫁去外國，阿母身體嘛無好，照顧的工課就落我身上。

阿爸做警察的時陣，勤務真硬篤（ngē-táu），個性閣真恬，這是伊真正有閒參我好好仔講話的一段時間。

伊提起 1915 年的噍吧哖事件。

●

噍吧哖事件的要角是余清芳、江定、羅俊。余清芳是高雄路竹（後鄉莊）人，捌做過日本巡查補，是串連各路人馬的頭人。羅俊是嘉義他里霧五間厝人，早期教私學仔，精通風水地理、相命，對中國廈門轉來會合起義。其中干焦江定是噍吧哖附近，竹頭崎的人。伊捌做過區長，因為出代誌覕入山區呼（khoo）一

陣人做伙。伊也是幾个首腦中間，有部眾有武器，閣有相戰經
驗的人。

　　1895 年日本統治台灣，漸漸落手管理，清查戶口、土地，
拾稅。其中 1910 年清查土地引起上大的不滿，尤其佇四界山
坪林地的噍吧哖、竹頭崎、內庄仔、南庄、甲仙埔地區。遮的
住民靠山林溪河生活，自由自在。土地世代相傳，買賣口頭約
定，哪有啥物權狀。就按呢，土地攏變做日本政府的。地主變
雇農，加上天災、稅收、製糖會社的控制，一隻牛剝三領皮，
規腹肚火一直著（tȯh）起來。這是抗日軍有法度沓沓仔淡開，
四界招兵買馬的重要緣故。

　　雖然我早期捌佇南化上班，但是對噍吧哖事件真生疏，行
過歷史現場攏無感覺。自阿爸提起了後，我就去圖書館查資料，
有日本人建立的事件全檔、學者康豹的研究報告、李喬的小說
等等，按呢，我開始進入噍吧哖事件。

　　阿爸餾的部份是聽頂輩講的。伊細漢蹛佇北寮，北爿是竹
頭崎、後堀仔，西北爿是玉井。後堀仔溪流過這個地區，春天
水清見底，全庄的囡仔定嘛佇遮拍泼泅、撈（hôo）溪哥仔。

　　1915 年四界攏是日本警察、日本兵佮抗日軍。日本人講
抗日軍是土匪仔，抗日軍叫日本人精牲、四跤仔。八月初六彼
工大決戰，噍吧哖一帶砲聲、銃聲、喝咧的聲、慘叫的聲，迴
過沙仔田來到北寮，一時天昏地暗、日月無光。

　　抗日軍武器差傷濟，終其尾大敗，死的死逃的逃，誠濟順

溪埔走入後堀仔。無偌久，日本仔開始掠人、清庄大開殺。聽講佇竹頭崎派出所頭前、噍吧哖銀盤埔，押規群，包括囡仔老人大大細細攏用機關銃掃射。另外竹圍仔規庄放火燒，見人就斃，踢落後旦仔溪，規个溪水反紅。佇這个中間，閣聽講有的日本兵會共死者的膽挖出來扰（tìm）掉，可能是恐驚以後鬼魂來報冤。

　　阿爸講的，佮我佇歷史資料看著的差不多，只是伊講甲真激動，比手畫刀，「斃！斃！」「踢落！踢落去！」跤手齊（tsiâu）振動，無親像肺癌尾期的病人。

　　「咱原本是後堀仔人，愛去走揣先人的血脈！」阿爸每一回袂當講傷久，一點鐘內就愛歇睏。伊談幾若工的噍吧哖事件，忽然間按呢講，予我掣一趒。

　　「咱世代是北寮人啊，哪會變後堀仔？」我提出異議，懷疑阿爸破病莛神烏白講。

　　阿爸叫我去冊房，共壁邊彼副「雙眼」攑過來。

　　「《水滸傳》內底，梁山第一勇將盧俊義上手的武器也叫雙眼。這副雙眼雖然無全全款，意義嘛真接近。被逼上梁山的英雄好漢攏是血性的，個出手毋是以刣人為目的，而是欲爭一个義理。」

　　這擺，阿爸將雙眼反過來看，兩枝下底攏有刻「江」字。

　　「這是我認祖歸宗的向望！」阿爸目箍紅紅，吐一个大氣。

●

我想著噍吧哖事件中的江定。依照記載，伊是 1866 年出世，竹頭崎庄隘寮跤的人，做區長執行公務錯手拍死人，予日本憲兵通緝，煞佮後生江憐覕入後堀仔山內。遐是南庄、甲仙、內門的敆界，地勢天然險。伊踮石壁寮起草茅，結合甲仙埔的隘勇佮六甲抗日殘留部眾，那耕作那操兵十外冬，人愈來愈濟。

「江定佮江憐佇遐練兵種作，山裡的植物佮野獸是食物的重要來源，藥草是治病上好的物件，後堀仔溪佮個的生活牽挽做伙。」阿爸一陣喀嗽了後，堅持欲閣講落去。

「溪河親像土地的血脈，供給營養。溪流是血性的，伊予石頭擋咧就嘛嘛吼想欲衝過，抍甲碎鹽鹽嘛毋撤退。」

「這就像後堀仔附近的人，世代靠山坪、溪流生活，自我管理，雖然物質有限，卻是自由自在真快活。」

「滿清統治時陣，當做遐是歹教化的所在，無咧管理。日本接收了急欲制度化，按呢就像溪流遇著硬迸迸的石頭，血脈一直滾起來！」

「佇一寡噍吧哖戰爭的頭人內底，江定算是滾躘 thōng 厲害，thōng 有氣力佮勇氣參鎮壓的石頭捙拚的大溪流。伊帶動後堀仔溪、竹圍溪、菜寮溪、大目降溪……規个山區四箍輾轉的血脈攏做一下滾絞起來。伊朱兵家已從頭一个，跤手誠猛兼毋驚死，日本人若講無調動山砲部隊，欲拍會贏伊可能猶閣誠

拚咧。」

「噍吧哖大戰失敗了後，江定毛一寡部眾撤退入去後堀仔，日本人發動大隊人馬，想盡辨法，經過七個外月猶無法度掠著。可見伊的猛勇，日本人也懼怕三分。」

我想這是阿爸濟濟年以來的體認吧！伊講的比我佇冊內看的閣較倚近實際。

不過關於先人姓江毋是姓廖，阮佮江定有啥物關係，阿爸一直無講詳細，眼神有時發光有時憂憂，敢若有瞞崁苦情。

3

廖溪河下暗一矸高粱酒啉一半較加，已經五分醉。伊將阿爸過身進前講的話攏捭出來，尤其關於噍吧哖事件，江定佮伊的牽連。

佇虎頭埤的一間小食堂瘦啉，在座有兩个全畫會的好友。廖溪河目眉誠粗目尾垂垂，頭毛疏櫳（se-lang）。伊啉酒時陣，酒杯黏著聳聳的喙鬚，啉完就大力园落桌面，閣摸一下挺挺的鼻頭。無話無句的古意人，啉茫就齣頭誠濟。朋友一个是五十外歲的現代藝術家，面模仔猴猴，講話額紋開咧合咧。另一个是四十出頭的公務人員，頭毛崁到目眉頂，啉過三杯目睭就變做夕陽。這兩个好兄弟四常聽伊落（làu）心內話。

小食堂後爿有迵虎頭埤洩洪口的小溪流，是大目降溪的一節，雜草不止仔濟，菅蓁猶閣開花。溪水軁過石頭縫，流咧

tshńg 咧，親像有人暗暗仔吼。

廖溪河回想阿爸愈來愈無元氣的一个暗暝，總算講出掩崁誠久的心內話：

「二十外冬前，晟我大漢的阿爸，恁內公，佇過身進前講出我的身世。」

「1913 年熱天，恁阿媽拄轉去左鎮後坑仔的外家厝蹛幾工仔。一日透早佇溪邊洗衫，突然有一个魚籗（khah）仔流過來，彼陣雨水誠厚，溪邊的菅蓁嘛誠茂（ōm）。籗仔喙拆開開，敢若有一點仔重量，佇水面浮咧沉咧流來卡佇菅蓁邊。

恁阿媽掠準內底有魚，就用竹仔枝共鈎過來，一看驚一趒，竟然是紅嬰仔！用破面布包牢咧，敢若出世無偌久，身軀佮面布全是血跡。共摸看覓，心頭猶有咧跳，較緊！衫扻咧囡仔抱咧一路走轉來。

厝邊隔壁攏來鬥相共，包棉襀被保溫閣拍尻脊，舞誠久才聽著囡仔吼出聲，救轉來矣！

彼陣個結婚十外冬無生，序大人一直向望欲抱孫，這个查埔囡仔親像是天送來的。就按呢，就共抱轉來北寮報戶口，直接號做廖水生，當做家己生的。」

「彼陣江定佮個囝江憐，當佇牛港嶺種作操兵，準備欲參日本仔大捙拚。是內底的人生的乎，毋過這種時勢欲按怎育（io）囝？

　　1915 年噍吧哖大相戰進前，江憐中頭門銃死去。江定戰敗了後逃入去後堀仔冬外，予日本仔串通區長騙出來投降。講掛人格保證，自首處分從寬，結局規陣人攏掠去判死刑。」

　　「這是一个謎。恁阿公毋捌看過江憐，毋過佇大相戰了後路頭路尾攏是『土匪頭』江定的形圖，伊的額頭懸懸，目眉烏闊粗，眼神嘛佮我真仝，所以恁阿公一直認定我是江定的血脈，有可能是江憐的後生。」

　　晟養阿爸大漢的阿公，講完這件事就過身矣。阿爸對家己的身世感覺悲哀。伊捌佇頂頭浮浮沉沉過的彼條溪，1915 年，是溪埔血 sai-sai，溪水紅絳絳的死亡之水。

●

　　自此以後，阿爸定定想欲去後堀仔佮牛港嶺走揣血跡，探查身世謎團。

　　頭起先愛調查的所在是後堀仔。伊本身是警察，捌佇南化金馬寮西山派出所服務。彼陣我拄才出世，雖然噍吧哖事件真濟現場就佇附近，毋過勤務無閒，因仔細漢，無法度深入後堀仔溪去訪查往過的代誌。

　　彼陣上捷接觸的南化分駐所，是燒掉的南庄派出所原地重建的。東爿烏山崁，南爿菜市仔，北爿衛生所，四箍圍仔是南庄上鬧熱的所在。聽講向時繁華無輸玉井，人口誠濟，不過噍吧哖事件了後，賰無一半。

　　1915 年八月初二，余清芳、江定帶領抗日軍進攻南庄派出所，刣死十外个日本警察，紲落用汽水矸仔入番仔油火攻，查某人掛囝仔攏燒死。巡查新居德藏的囝湯德章，予工友抱去藏起來，逃過死劫。湯德章的銅像現此時徛佇府城中山路尾的紀念公園，是二二八受難者，歷史的演變使人吐大氣。

　　噍吧哖戰爭了後，部份抗日份子被掠來關佇燒無盡的石壁內底，處死足濟人，聽講陰魂不散，地方長期間袂平靜。較早分駐所頭前，徛一座噍吧哖紀念碑，每冬法會超渡亡魂，落尾經過請示觀音媽，徙去佇公墓。

　　彼段時間，阿爸逐改若按烏山看對北爿去，刣牛湖、牛港嶺、噍吧哖、後堀仔溪……看對南爿去，甲仙埔、大坵園、小林……一跡一跡攏有戰爭的記認。根據記載，噍吧哖事件的戰士，有 Hō-ló 人、平埔仔，嘛有一寡仔山地人。

　　阿爸一直到甲調大目降，我佮小妹讀國校，才有時間去後堀仔行踏。

　　彼陣，後堀仔路猶閣真稞，細粒石頭佮懸懸低低的沙塗，落雨湳 (làm) 糊糊，好天蓬蓬埉。若騎 oo-tóo-bái 經過玉山村，入去到中山堂，規頭規面沙塗，連目睫毛嘛白去。老村長姓蔡，伊袂愛講彼段抗日的往事。悲慘的故事啊，何必再提起！落尾阿爸捾燒酒佮伊啉一暝，才沓沓仔聽著一寡江定的代誌。

　　江定是隘寮跤的人，對後堀仔、竹頭崎、甲仙埔一帶真熟。一篷人順溪埔種作，掠魚拍獵，佇牛港嶺練兵十外冬，佮住民

感情誠好，佪無人去密告，閣兼物資支援。

　　江定生做高長大漢，練過武術，目睭金鑠鑠，看起來真將才。伊性地無好，毋過佇一般人的印象中，對歹人真歹，對弱者同情，有義俠精神。聽講有一擺，一間山產料理店，頭家佇門口刣羌仔。伊用細條麻索仔縛佇羌仔一肢後跤，對跤蹄開始剝皮。彼隻羌仔不止仔痛苦，一直蹔一直哼（hainn），聲音像紅嬰仔。聽講，活活剝皮的肉較好食。彼陣江定拄好行過，隨喝令頭家停止酷刑。

　　「欲就一刀予死，曷著（a̍h-tio̍h）按呢凌治！」

　　兩个冤起來。落尾頭家看伊真堅持閣有形威，膽膽，就將羌仔放落來。血性男兒，外表倔強，內底卻是足軟心。

　　啉米酒頭仔配山豬肉、筍乾、豆腐⋯⋯，老村長親切招待，阿爸嘛時常會提罐頭、大麵、金馬牌的薰回送，毋過山內的豆腐筍乾特別有一種予人數念的滋味。老村長也強調，較早江定佪蹔佇遮，倚山林溪河生活，逐項攏嘛愛家己來。阿爸趁機會探聽牽連身世的代誌。

　　「你敢捌聽講，彼時江定這陣人中間，有人生囝放水流的代誌？」阿爸紲落閣補充，「是共囡仔园佇魚籠仔內放水流⋯⋯」

　　老村長頓一觸久仔，恬恬回想過去。伊頭毛喙鬚白矣，滿面風霜，瘦削的喙頓真濟老人斑。伊共金馬牌的薰入落去小薰吹，每歕一喙就歕出規天篷雲霧，皺痕一巡一巡的頷頸親像枯

焦的山壁。雲霧中伊出聲矣：

「啊，我想著啦，是阿叔講的彼件啦！」老村長敲一个薰屎，「阮阿叔佮江定有熟似，捌提供支援，所以嚋吧哖戰爭了後無偌久就予日本人掠去。本底判十二冬，落尾大正天皇登基大赦改九冬，好運無死跍監牢內。

伊一段時間攏毋敢講過去，到日本人開始同化政策了後，才陸續講出一寡抗日戰士的代誌。

江定錯手拍死一个風櫃喙的人，走來後堀仔覕。1901 年嘉義大埔發生抗日事件，江定焄五十外个部眾加入，日本人才發現伊的行蹤，一直追殺到南庄小崙湖底，經過當地甲長指認是江定的屍體，從此結案。」

老村長換一枝薰，欶一喙，閣繼續講落去。

「彼个甲長毋知是認毋著抑是刁故意，其實江定並無死，此後就佇牛港嶺種作兼操兵，呼愈濟人，甲仙小林一帶也有人參加。個用石頭疊厝，山坪掘一層一層作稻，閣佇崁跤挖鼓井。

彼陣江定個某過身矣，蕭氏粉參伊鬥做伙。後生江憐佮新婦溫氏聆也綴佇身邊。聽講有一冬新婦生龍鳳胎，逐家替伊歡喜，江定抱內孫囉，消息嘛傳來到竹頭崎。但是過足久，攏無看個抱囡仔出來，嘛無閣聽著雙生仔的代誌。

落尾有一个耳風。聽講江定佮個囝參詳，這陣不管時咧準備相戰，無可能育幼嬰仔，半暝吼聲引日本警察注意就害矣！顧大局，愛顧大局，兒女私情园一邊！

　　江定一面勸一面流目屎。江憐無應半句，趁個某咧睏，偷偷仔共兩個囡仔抱出來，园入兩個拆開空口的魚筌仔，提去溪邊抾落去。無偌久個某阿聆精神起來，哭甲死來昏去，時代的悲劇啊！」

　　老村長講煞，目睭眨眨瞜，薰連歃幾若喙。

　　阿爸聽了一時愣愣，目箍紅紅。足久無食薰矣，這時陣擋袂牢討一枝來歃，連續嗽幾若聲，險險就嗾（tsák）著。

　　阿爸愈來愈肯定家己就是筌仔內的囡仔矣，佇溪面予人抾起來，親像桃太郎。毋過桃太郎是快樂的神話，伊的是悲慘的故事。

　　老村長看阿爸流目屎，掠準是聽甲感動，阿爸嘛無講出實情。有想欲加問寡，但是老村長干焦知影按呢爾爾。

●

　　牛港嶺附近的野溪迵菜寮溪，阿爸嘛捌去行踏兼訪問老輩。毋過彼个所在已經是茂 sà-sà，野草共往過開墾的痕跡崁甲無影無蹤矣。附近完全無住戶，毋知是無人敢蹛，抑是刁工避開這个傷心地。離幾若鋪（phòo）路的內庄仔，噍吧哖戰爭了後，也遭受清庄大屠殺，致使 1920 年大目降公學校菜寮分校成立時，內庄仔無半个囡仔通好入學。佇菜寮化石館後面的一片竹林，因為陰魂不散袂平安，後來的人只好去挖骨出來埋葬，閣起一間有應公祠，服侍（hók-sāi）壼祖靈太上老君。講起來阿

爸嘛是命大，若是當初無予阿媽焄轉去北寮，有可能就是這堆骨頭其中一个矣！

愈來愈確定伊是江家的後代矣，阿爸想欲改姓江，毋過戶政事務所堅持愛有「書面證明資料」，陳情去內政部嘛無效。落尾，阿爸規氣將家己的名字改做江男，牽接血脈安搭心靈。

紲落真長的一段時間，阿爸來來去去後堀仔十外逝，對規路風飛沙的秋天，行甲雨水飽滇的熱天。有一暝，村長雄雄講起一件代誌。

「江定武術高強，伊足愛用一副叫做雙眼的武器，真成宋江陣的，刀尾鈍鈍，護手一點仔，伊認為這種武器是用來護身，毋是欲刣人的。

這副雙眼當做傳家寶交予江憐，不過江憐中頭門銃死去的時陣，有人共抾走，落尾就毋知佗位去。」

阿爸聽著這項，目睭金起來心頭噗噗跳，一直追問雙眼詳細的形體。彼工阿爸倒轉來，心情真無全，身世的迷團愈來愈明朗矣，而且走揣傳家寶，變成性命中蓋重要的目標。

這回倒轉來，經過一陣大雨，溪水又閣浮漲起來，流來路面淹過煙筒管，oo-tóo-bái 煞來失火，阿爸就用老村長傳教的撇步，拆開火珠仔，用原子筆尾佇油箱搵一屑屑仔汽油共焐踮 phe-sír-tóng（ピストン，活塞）頂頭。紲落火珠仔鬥起來，閣踏一下就發動矣。老村長這步真好用，不過汽油只會當一點點仔，傷濟可能有危險性。

●

　　阿爸拍一副雙眼紮佇身軀，並且規心走揣傳家寶的雙眼，伊認為彼是傳湠祖先血性，和平正義的標記。

　　十外冬中間，阿爸按後堀仔的大地谷、石壁寮開始揣。走遍風櫃喙、後堀仔溪，菜寮溪……走揣雙眼的蹤影。這敢若是海底摸針，機會渺茫，愛求神明鬥忙啦！阿爸過身進前透露遮濟代誌，最後的遺言就是向望揣著這副雙眼。

　　幾十冬來，我一直想辦法順阿爸的跤蹄號四界行踏，有時敢若看風景順紲試運氣。我也將阿爸的遺像掛佇佛堂，逐回欲出發就先拜拜，祈求早日揣著。

　　對各方面收集來的書面、口頭資料，予我會當順 1915 年抗日軍發動攻擊的地點，一跡一跡去行踏。高雄的十張犁、大坵園、小林、蚊仔只、河表湖，台南的南庄、內庄仔、崗仔林、噍吧哖、虎頭山附近戰場，毋過多數變化真大。

　　1980 年代，左鎮菜寮溪當咧痟化石，真濟人佇溪底趄來趄去，我也濫佇人群內底，不過是為著走揣雙眼的影跡。

　　菜寮溪支流迴往牛港嶺的河埔，是我真捷去的所在。遐有一間老君祠，服侍幾若十具噍吧哖事件了後，鑿首佇後爿竹部 (phō) 仔跤的骨頭。後面的刺竹仔，懸甲強欲拄著天，北風吹過 kuàinn-kuàinn 叫，佮菜寮溪水一懸一低，閣像咧唱哭調仔。溪邊有規坵的弓蕉欉，散散生的破布子仔，佇白墡格塗頂

頭徛甲真堅定。這是四界「惡土」的所在,但是草木佮人攏會
當克服大自然生存落來。想起來人上大的敵人嘛是人,人對人
的危害閣勝過大自然。二三十冬來化石抾欲盡矣,化石館的化
石佮研究資料也規曆間,只是抗日戰士的血跡猶原沉佇溪底,
愈泅(bit)愈深,雜草也愈發愈懸,已經誠歹落去溪底矣。我
共重點囥佇一號橋佮二號橋的橋跤。我想,溪水是流動的,真
濟物件會卡佇橋墩頂頭,若是好運,雙眼可能會出現佇遐。

　　佇長期的走揣行踏中間,我原本有交過兩三个女朋友,毋
過個攏較愛過市區的生活,看電影、踅街、旅遊、買物件,對
我這款一下放假就往山裡走的人,感覺莫名其妙。共說明歷史
的悲劇佮場景,個一點仔都無感覺,閣認為日本人建設台灣誠
認真,做的工程品質特別好,統治的期間也管理甲有條有理。
以個的看法,我講的代誌只是傳說爾爾。這寡想法,佮阮阿母
講的仝款,個甚至認為,若有機會做日本人,會感覺誠光榮。
生活方式無仝,觀念的衝突,女朋友一个一个拆開,到今(tann)
猶閣是獨身仔。

　　　　　　　　　　　　●

　　大目降往關廟當咧開發外環道路的中間,發現三千外具人
骨,廖溪河順勢講出心內事,知己酒友聽甲真感動。畫家連續啉
三杯,講伊想欲來創作這方面的題材,不而過毋知欲對佗開始。
廖溪河共伊建議,血性的溪流包藏真濟悲苦的歷史,伊逐工那行

那吼，傷疼總是會過去。上重要是愛了解伊的意義，你就來共這個精神面表示踮畫面！畫家黜一下仔目鏡，撚下斗的彼簇喙鬚，額頭親像有光。

做公務員的朋友目睭沙微沙微，講伊想欲用小說的方式，共濟濟的歷史事件寫出來，顯示台灣人佇一批一批外來統治者壓制下，按怎維持尊嚴、求生存的過程。

4

廖溪河定定暝時唊甲真茫，倚晝才來外環道路的工地行踏，有時看著報紙佮網路頂頭，兩種對立的意見拍來拍去，心頭真艱苦。

「你看彼骨頭哪有可能噍吧哖的？是二二八的較有影啦！」

「噍吧哖的抗日份子攏是土匪啦，利用宗教迷信搧動百姓，佮義和團全款的烏合之眾，欲按怎相戰？」

「大明慈悲國，吥！是啥物碗糕？閣咧反清復明是母？」

「哎啊，恁遮日本奴，一日到暗扶日本屬脬，藐視家己的同胞，真無良心！」

就按呢佇網路分兩爿閣削起來，大部份並無就事論事理性討論，情緒性的發言落尾三字經就捽出來，閣牽對政黨去，藍狗，綠畜，愈罵愈離譜。伊看甲心頭亂操操，暗時就厚眠夢……

佇一个茫煙散霧的所在，暗趖趖的山洞彎彎斡斡，漸漸光

起來。塗跤兩个古早的油攑仔，番仔油賰無一半。

　　阿祖江定、阿公江憐、阿爸坐規排，我徛佇石壁邊聽佪講話。

　　中央穿長衫的阿祖看起來真威嚴，額頭懸懸，目睭金鑠鑠，喙鬚垂落來一尺左右，佮相片一模一樣。阿公是頭一擺看著，面形瘦長留兩撇喙鬚，真少年。阿爸穿警察制服，腰間的雙眼誠顯（hiánn）目。

　　阿祖雄雄越對這爿過來，講：

　　「你毋免去煩惱世俗人對噍吧哖事件的爭論。血性的男兒，予人壓迫甲擋袂牢自然會出來反抗，這是真簡單的道理。雖然知影對方的大砲銃子真厲害，穩死的嘛愛拚落去。」

　　「袋符仔是心安的。參加相戰的兄弟有一寡平埔仔，佪有人袋符仔，嘛有人紮十字架。血性的男兒，二十冬閣是一條好漢啊，驚啥物？」阿公接落講，佮阿祖低沉的聲音比起來，較輕較尖。

　　佇邊仔一直頕頭的阿爸，紲落談噍吧哖事件的意義：

　　「抗日軍刣死真濟日本人，日本人回頭刣死數十倍的台灣人，仇恨對立無了時。1919 年以後日本就改換政策，派文官總督，一寡日本的自由主義者也相佮（sann-kap）台灣的精英推動同化政策，允准台灣人日本人做伙讀冊。種種改變加添台灣人對日本的好感，也改用非武裝的方法來爭取權利。噍吧哖事件的影響真大，佪的血並無白流。」

　　這改換阿祖佮阿公一直頕頭。

　　我走揣雙眼的下落足久矣，就順這个機會請示明路。阿祖喀喀兩聲，挶一下仔喉鬚，

　　「盡量啦，揣有揣無也毋是蓋重要啦，總是你心內愛清楚，血性的溪流是咱江家的印記，血性的男兒，袂使恬恬屈服佇無理的壓迫之下。心靈的目睭用來看家己，嘛用來看世界。萬般的事理，遠在天邊，近在眼前啊！」

5

　　三个酒友閣相會矣，這擺佇大目降往新市方面順天宮廟邊的海產擔。已經暗時十一點外，街路恬靜，廟門關起來矣，人客走甲賰個三个。

　　廖溪河講出昨暝彼个夢，先人對話的內容記甲真清楚。

　　畫家聽伊講煞，內心敢若產生足大的波動，目睭展大蕊，雙手扲拳頭拇對桌面頓落去，逐家掣一越。

　　伊真激動來講起：

　　「過去本底蹛佇市區偏東爿的所在，阿爸雙冬的田園兩甲外，一年收兩季，生活猶會得過。三十外冬前政府都市計畫，講開路需要，將田園攏以公告地價加兩成徵收去，奇怪的是，道路做一下畫佇這爿，隔壁一大片財團的土地完全無著。阿爸個性較軟弱無提出強烈異議，加上議員里長佮市府官員走來疏通，講公告地價加兩成已經足濟矣，愛配合政府政策，毋通傷貪心。落尾

煞無意見予徵收去，所領的錢干焦會當去歸仁買一間販厝，規家伙七个人映做伙。這馬經過三十多，財團的土地起幾若十倍，起幾若棟大樓，內底的豪華厝宅一間賣幾若千萬，講著這實在誠厭氣。當初應該聯合附近被徵收的農民來抗議，爭取一个公平的處理才著啊！」

公務人員嘛綴咧吐氣。伊面圓圓身軀嘛圓圓，伊酒啉落去面紅紅閣親像八月半的月娘遐爾仔圓滿。伊目尾垂垂共畫家講：

「有糾紛就愛圓滿解決，這是頂頭定咧交代的，閣較重要的，有議員咧關照的案件愛特別注意。不而過，講實在的，有真濟開發案並無真正需要，而且都市計畫欲畫做啥物區，路欲破對佗去，有時會有真濟曖昧的所在。講著補償，堅持到最後的釘仔戶攏嘛專案處理，加發足濟。」

中正路的商店一間一間歇睏矣，賰 Seven 猶閣光 phiāng-phiāng，楊逵文學館門口的大理石，嘛予照甲閃閃爍爍。廖溪河指向彼个方向。

「你看，楊逵嘛予咱真大的啟示。伊 1927 年對日本轉來參加農民運動，起草農民組合宣言煞予日本仔掠去關，以後常在參加社會運動，出入監牢十外改。1948 年起草〈和平宣言〉，予國民黨政府關十二多。伊堅持用文化佮社會運動的方式來爭取公義。非暴力革命久久長長，愈淡愈濟人，一步一步漸漸改變國家社會，這是一種時代的轉變。」

講起社會運動，廖溪河閣想著往新市的大目降橋跤的溪溝，

一直暗暗仔流，暗暗仔流，往南兩百外米，迴去佇兜的厝後，伊
嘛時常順溪邊散步。這條溪溝這馬號做頭前溪，古早對水源頭連
到遮，攏叫做大目降溪。

外環道路已經進行冬外矣，三千外具人骨頭的代誌原在風風
雨雨。市政府已經佇玉井糖廠原噍吧哖支廳的後片造作紀念館，
顯現歷史意義。大目降地方爲著安搭亡靈，也協調將骨頭园蹛海
生萬應公祠，兼辦四工法會。這件事到一个坎站矣。毋過，走揣
雙眼的代誌猶原無下落。想著遮，心情閣鬱卒起來，燒酒愈啉愈
雄。

兩个酒友勸伊想較開咧，沓沓仔來，會出現奇蹟也無一定。

「著啦！」做公務員的酒友雄雄想著，拍一下桌仔，伊開出
手機仔內底某一位學者發表的意見：

「關係口頭歷史中的噍吧哖事件，大目降的刣人埔佮萬人堆
有四至六跡，冷水坱仔萬人堆、第四公墓邊仔頭前溪刣人埔、基
督教長老教會公用墓地前刣人埔、護國里萬聖堂佮大墓君、山腳
里三府元帥廟、萬應公等等（傳說中，難以查證）。」

「啊！護國里萬聖堂？」「佇頭前溪邊欸！敢會遐拄好？」
「彼暝阿祖來托夢，講過遠在天邊，近在眼前。」

廖溪河大力拍桌仔，心中一蕊希望著 (tòh) 起來……

●

酒逢知己千杯少，下暗三个人攏啉真濟，一直到半暝一點才

煞攤。廖溪河順附近的小路仔行轉去。

　　這是新化高中後壁的一片林地佮溪流。一條小路仔經小橋迒過水利圳溝，紲落是二十外米長四米闊的頭前溪橋，閣正幹就是溪邊的點仔膠路。圳溝岸因爲水利會美化工程，種柳樹花草兼鋪古典藝術的石頭，小可仔有江南風景的氣味。佇圳溝佮頭前溪中間的一片原始樹林，有竹仔、弓蕉佮雜木仔……，接近溪邊有一片刺查某仔（咸豐草）。

　　頭前溪是大目降溪下游的一節，溪岸小路是散步的好所在。伊對溪水有莫名的感情，敢若是血脈的一部份，血水是對內心揀出來的，浮浮沉沉的是伊的靈魂。

　　月光暝，一葩路燈徛踮溪邊，十二月的北風吹來，溪面的光影閃閃爍爍。這時陣，連水雞嘛咧睏矣，只有橋跤彼爿恍恍傳來水流佮淡薄仔金屬相磕的聲音，閣親像有人咧決鬥，大氣喘袂離。

　　新化高中彼爿的路燈密𣩶𣩶，大樓有幾若戶電火猶閣光光，遠遠的青紅燈轉做黃燈眨眨躡，規暝攏無咧睏。溪邊有一間萬聖堂，內底一半墓仔一半神明。聽講早前附近造工程佮起販厝挖出來的骨頭攏拕佇遮。廖溪河蹛的社區起幾若十冬矣，自從阿爸過身了後，阿母去市內佮小妹做伙，伊就家己一个徛佇遮。

　　廖溪河醉茫茫，閣颺（tshiûnn）著風，行路顛咧顛咧。伊行到橋邊停落來，腹肚斜斜靠佇護欄。

　　這是一條無名字的老橋，嘛佇頭前溪頂面規百冬矣，捌部份

整修過，兩枝橋墩嶄然仔粗。寒天溪水淺淺仔，遠遠就看著爛竹、破枋仔、破布、塑膠管，一堆垃圾物。伊向落看，有一大身布尪仔抈咧，水流挾過怦怦喘，下面有金屬相磕的聲，愈來愈清楚，啊，雙眼？

伊閣向較落，心頭呯噗悄（tsháinn），閣向愈落，啊⋯⋯

雄雄規身人拋過橋欄，跋落橋跤！

佇墜落的過程中，若像有啥物神祕的力量共黜一下，不過只是停半秒爾爾，就 pòng 一聲落佇溪沙佮雜草頂頭。

廖溪河驚一下酒醉攏醒起來。身軀倒直直挾反爿，尻川斗佮跤頭趺搖搖疼。伊越頭看橋底，唉，兩片生鉎的歹鐵仔佇遐 khih-khók 叫。

伊鼻著野草內底有雞屎藤，就順手挽一寡來哺哺咧，糊佇跤頭趺頂頭。

半暝的風淡薄仔冷，伊雙手攬胸保持心頭溫暖。越頭看彼兩枝大橋墩恬恬徛甲好勢好勢，規百冬矣！忽然間⋯⋯伊感覺橋墩，啊，這敢毋是放大的雙眼？護手、刀肉，佮阿爸彼副誠全款，已經徛佇這個歷史現場成百冬矣！

閣看向頂面，倒爿是一葩明月炤向原始樹林，正爿是一葩水銀燈照佇現代的點仔膠。伊詳細看橋墩佮兩爿的景色，心內的門窗一个一个拍開⋯⋯

頭前溪是一條野溪，溪埔雜草真茂（ōm），莫拉克風颱時溪

水淹到厝內，水利工程圓沙整治，無偌久河沙閣濟起來，野草規溪墘。野草力量大，文明的管理欲按怎共伊壓（ah）落去？

　　另外正爿的水泥石壁整整齊齊，誠有規矩，道路樓仔厝也誠四序。頭前溪佮水利圳溝中間彼片野生林是國有財產局的土地，毋知是佗一个時代啥物人徵收來的，只不過伊的草木佮南庄、左鎮、後堀仔一帶真全啊！

　　這敢是文明管理佮野生自然的隔界？

　　水圳是純人造的，予人管理甲好勢好勢，溪流是野性的，傷壓制就起來反抗，所以順應自然來處理。

　　金鑠鑠的月娘，大自然的目睭，光 phiāng-phiāng 水銀燈，現代文明的目睭，一蕊看一爿，這是雙眼的道理啊！

　　天拍殕仔光矣，廖溪河恍恍看著溪頂的反光一直延，一直延對嗶吧哼彼面去。伊岑微岑微，一直笑，垂垂的目尾沓沓仔飛起來。想著阿祖的雙眼一定也褫金金咧共祝福，這是伊十外冬來上蓋快樂的日子。

貓霧光

　　貓霧貓霧（bâ-bū bâ-bū）的透早，光位 kha-tián（カーテン，窗簾）縫洩入來，照落額頭、鼻尖、喉脣，拄好畫一條線。睏佇 biat-tooh 頂的阿婆，雄雄醒起來，心肝頭小可仔顫一下。

　　原底眠眠中間，伊一直聽著有人唸冊的聲音。這種聲包含期待、祝福、悲傷等，這種聲已經佇伊的頭殼內踅足久矣。貓霧的天光，若親像就是順著聲音走入來的。

　　阿婆目睭金金捽過天篷、kha-tián、窗仔墘。是美鈴咧唸啊。

　　「仁慈的母親，阮的甘甜，阮的希望。夏娃子孫，在此塵世，向你哀呼，佇這个啼哭之谷，向你歎息哀求⋯⋯」

　　聽講這叫做《玫瑰經》，只是玫瑰猶原恬恬佇窗外，隨三月風雨，紅花柳綠一直搖，唸經的聲音已經漸漸散去矣，準講佇頭殼內有時會浮出來的，也愈來愈霧，像日頭落山，一領烏幪罩崁落來。

「美鈴去佗？」

「美鈴去佗？哪會遮久無看著？」

一个五十外歲瘦挑瘦挑（sán-thio）的查埔人行入來，阿婆攑頭就問。

並無隨回答，伊先將 kha-tián 搝（giú）一半，日光拄好照到眠床邊，兩蕊紅 phà-phà 的玫瑰跳入來。

「阿母，彼兩欉黃色的菊仔花挖掉矣，鵝掌藤嘛修甲眞婿。你下晡出去散步就會看著。安心歇睏，病院的報告，心臟胃腸肺部包括血管，攏足四序啦！」

「Hóo，彼我知影。美鈴是去佗啦？伊是咧受氣，無愛來看我 nih？」

「唉，」吐一口氣，伊勻勻仔坐落床邊的椅頭仔，摸阿母彼肢烏青結血、注射過度的手。「美鈴出差去眞遠的所在，一段時間才會轉來。」

這種對話已經延續幾若個月矣。問的佮應的內容大約差不多，只是有時後生會有一點仔袂堪得煩的表情，毋過隨閣掩崁落去。

後生坐無偌久，就咻當咧洗尿苴仔（jiō-tsū-á）的外國看護過來，叫伊捒（sak）去公園行行咧，另外，交代一寡照顧方面愛注意的代誌。

看護烏烏肥肥，跤骨手骨攏誠粗，是有氣力共病人偃起偃落

的看護。伊本名聽起來真成「喵巴」，逐家就叫「阿妙」，會曉講淡薄仔華語。台語，小可聽幾句仔爾爾。

●

十外多前，細漢囝水生佮新婦美鈴搬來蹛隔壁街，心內就加誠安穩。

水生佇國中教冊，美鈴病院做護士，有生一个查埔囝仔，頭路雖然無閒，生活閣算袂穩。對庄跤搬來市內，可能是囝仔欲讀冊的關係，不過對我這个孤單老人確實真好。隔壁的蘇太太，一個月去台北大囝遐，一個月來台南二囝遮，第三個月才去高雄細囝個兜。若我才無愛，去蹛囝仔遐，行李搬來搬去，閣愛看新婦的目色，猶是佇遮自由自在。老伴二十外冬前早早就過身，我一个人過日子，出門穿媠媠，有時參加社區活動，老人會遊覽，有時去蹛佇美國的查某囝遐迌迌一個月，這種生活嘛真快樂。有人欲介紹男朋友，我攏無愛，自由自在較好啦！

想著遮，阿婆暫時袂記得家己是坐輪椅，予阿妙揀佇路裡行。

過路有一半个仔老歲仔會互相拍招呼，大部份是捌做伙去遊覽的，老人會的會員。

經過開元寺頭前，伊一直看坐佇正中央彼尊佛祖，金金烏烏，一寡歲月的氣味疊做伙，其中包括伊的老伴，在生時常佇遮

出入，唸經禮佛，落尾著癌過身，也是佇遮做法事。

　　老伴是一个生活簡單的人，做警察四十多，毋敢趁外路仔，三个囡仔飼甲誠忝頭，做官清廉食飯攪鹽，予我也受苦一世人。這馬佇美國的查某囝有趁錢，我當然愛享受，穿予婧婧，出門有行情，才袂定定予人看無現。

　　「哎唷，賴太太，你哪會變遮濟？強欲袂認得矣！」

　　無張持，有人佇後壁吼叫甲真大聲，予伊驚一趒。原來是較早佇老人會（毋是，愛講長壽會）熟似的米糕王。伊穿短褲內衫球鞋仔，出來運動。

　　阿婆越頭共笑一下，閣看家己，原在穿得婧噹噹，掛金絲目鏡，siat-tooh（セット，造型）甲膨膨的頭毛。哪有變足濟？不過是，這馬坐輪椅，愛人揀，而且一直大箍起來，阿妙逐時唌哀：「阿媽，歐抱、抱不動嘞……」

　　「敢真正變甲袂認得？啊，唉，攏是手術龍骨害的，烏白手術啦！」

●

　　貓霧光的天色，原在對窗仔洩入來，這擺是規片，頭殼、棉襀被、跤底連做一條闊闊的線。昨昏水生仔摸一半的kha-tián袂記得放落。

　　窗仔的玻璃是發色的，雙重閣厚tut-tut，透明無聲，窗外

是小花園。捌有一隻貓會跍起跍落，是伊足早以前的伴。

　　阿婆自四點外就睏袂去，一直想，一直後悔閣兼怨嘆！是啥人叫我手術的？

　　想起兩多前，跤頭趺 (u) 疼袂好，定定愛注骨縫。紲落腰骨愈歪愈厲害，不時哀哀叫，三工兩頭就去大病院看醫生，按怎看嘛袂好。聽電台廣告，有特效藥真好用，但是水生佮美鈴攏擋講彼是咧騙人的。最後佧看朋友的老母手術順利，行路直直直，就勸我去手術，做一擺解決。無疑悟，雖然年歲差不多，也揣全款的醫生，蹛全款的病院，開平濟錢，手術佮復健卻是真無順利。代先是佇手術房九點外鐘，聽講是骨肉結蒂，愛慢慢仔刻，聊聊仔裒。閣來，佇病院復健十外工，發現有一跡發炎，煞閣將傷口拍開「清創」，手術三點鐘。這猶無打緊，後來的復健真是佇地獄全款，規身軀疼甲吻吻掣，嘛愛拚命做落去。按呢拚一個月，將近欲放枴仔，欲對地獄倒轉來矣，想袂到，歹運相綴，哎，轉發燒兼搢寒搢熱，骨頭閣感染矣，晢著神經。這改位置較頂頭，醫生毋敢開，而且講，雙跤過二十四小時袂振動就無效矣，除非奇蹟。

　　若莫手術就好啦！隔壁巷仔馬先生，一直無去手術，用枴仔托咧托咧嘛是咧行。若毋是美鈴咧做護士，就袂想遐有空無榫的啦，若水生仔去問予清楚，就袂予人牽咧行啦，閣有，若查某囝莫遐有錢，嘛毋敢手術落去，唉唉，命運創治人，老的閣無保庇！

　　愈想愈怨嘆，是啥物人一直主張手術的？是毋是看我老矣，

欲害看會較緊去袂？伊愈想心肝愈凝，也愈想愈離譜。

●

　　美鈴是去佗？我欲共問看覓，為啥物代誌會變按呢？

　　八月半欲到矣，月娘愈來愈圓，kha-tián 全部摸開就看會著。

　　三層的透天樓仔是三十多前買的，雖然有較舊，但是經過摸皮了後，鉎鉎角角攏變甲金滑閣嬌氣。尤其二樓彼个落地窗，是未手術進前所蹛的主人房的落地窗啊，對遐會當看街路來來去去的車輛佮人群，看著熟似的啾一聲，個就撆頭用欣羨的口氣講，有夠嬌的落地窗！

　　另外較重要的，八月半欲到矣，就是生日欲到矣。

　　生日 thòng 歡喜的是，會當佇大億麗緻請人客。

　　伊遐有遮爾仔大的二十人桌，嶄然仔嬌的美術燈，誠貴的菜色，閣有真特殊的大壽桃，內底包足濟小桃，親情朋友參加過的攏呵咾甲會觸舌。

　　毋過這馬宴會愛坐輪椅去矣，嘛袂使坐傷久，也無法度跍去舞台唱日本歌，想著真厭氣。

　　伊想甲風火著 (tòh)，想甲胸坎欲磅去，開始拍眠床杆，阿妙驚一趒，走入來。

●

　　開元寺的後角，有種一寡樣仔欉，下面有時發草，有時種番薯葉。西旁是古早色的納骨塔，東旁的亭仔跤，彼是較早阿婆的老伴往生的時陣，暫時打桶（tánn-tháng）的所在。

　　最近，有人會看著一隻烏白相摻的老貓。伊的倒旁喙顄有臭火焦，遛毛遛毛。伊趖來趖去，頭前倒跤跛跛，看起來是流浪貓。

　　伊哪會走來遮？生做遮爾穤，應該是無人會收留。不而過，欲揣食的，來這个食菜的所在，是無路用的啊。

　　阿婆有時對開元寺山門行過的時，也捌聽人小可仔講著，毋過無詳細，伊也無注意聽。

　　一隻生做穤穤的老貓有啥路用？伊對這一點仔興趣都無。

●

　　阿婆自從坐輪椅了後，伊的生活佮護理一直是由細囝水生仔個翁某照顧。大囝蹛台北，拄著仔轉來看看咧，嚘（iaunn）幾聲就閣走矣。

　　伊坐佇一塊圓形咖啡色的大圓桌食暗頓，水生仔坐正旁，食飯兼看報紙。阿妙仔用盤仔夾（ngeh）一寡菜，就捀去邊仔食。

　　菜的種類一直是有限制的，配合伊復原的需要，加上對糖尿病的控制。這是美鈴研究過發落出來的模式。毋過美鈴足久無看著，伊是去佗？

　　自變老變荏，身體坎坷袂做主了後，不管啥物大細病疼，只要哀一聲，美鈴就會趕緊電腦掛號，紲落載我去看病。這科看

了換彼科,一定愛看甲有結果。老伴彼當時六十歲退休就著癌曲去,我袂使遐早死啊。後生有孝,查某囝有錢,生活富裕,哪會使遐早去?所以逐擺看病應該揣 thōng 有名的醫生看,是正確的。雖然逐回排隊愛兩三點鐘,嘛是有彼个價值。想著一擺,我目睭霧霧,閣會痠疼,美鈴安排的門診,竟然只有十人掛號,等三分鐘就輪著。彼是啥物醫生啊,我大聲嚷,罵新婦是嫌等傷久麻煩刁工的。美鈴閣佇遐解說,講啥物主任已經滿額掛袂入矣,目睭霧霧爾爾,先看覓咧,有需要才予主任看;哎啊,應喙應舌,理由一堆,我愈講愈受氣,愈大聲,水生就叫美鈴莫閣講矣。

　　手術的大代誌,嘛攏是美鈴安排的,探聽醫生、檢查、參詳,落尾決定欲手術。手術房出來第一个看著的是美鈴,第二个水生,才閣其他的……。但是哪會按呢,會行變袂行,講袂出一个理由,感染?感染就會袂行?我毋相信,咧變啥物魍啊,會行變甲袂行!

　　「Iaunn……iaunn……」

　　阿婆想甲入神,聽著嚶嚶叫的聲,越頭看著一隻烏白相摻的老貓徛佇門口花園邊,杉木做的輪椅通道頂頭。

　　「癩𰜷 (thái-ko) 貓,鼻著臭臊味就來,緊共趕走!」伊越頭看阿妙。

　　貓仔 hông 趕走,伊煞若像有一點仔熟似的感覺。

　　貓,我捌飼過貓啊。毋過攏美鈴咧飼,若轉來,愛問伊彼隻

貓的代誌。

●

「無無明，亦無無明盡，乃至無老死，亦無老死盡，無苦集滅道，無智亦無得，以無所得故。菩提薩埵，依般若波羅蜜多故，心無罣礙，無罣礙故，無有恐怖，遠離顛倒夢想。」

府城透早貓霧光，拉圖仔燒，親像阿母的洗面水。

水生穿一領薄薄米黃色的外疊，跪佇佛祖頭前，碴木魚，唸心經。

這個佛廳是阿爸的手造作的，規間杉仔壁，窗仔向北爿，透早看雲彩，暗時有天星，是阿母猶未坐輪椅進前早暗愛來拜拜的所在。佛廳的中央祀佛祖，邊仔是阿爸的靈位，閣較邊仔的壁角有一個小鏡框，內底是美鈴的相片。

自從阿母無法度起來樓頂，拜拜的代誌就由我負責矣。毋過逐擺來遮，就會想起真濟美鈴的代誌，包括翁仔某的恩愛，伊對家庭的付出，伊佮阿母的關係，種種，攏想甲目屎流。

阿母較早照顧家庭真辛苦，時常愛逐錢予阮註冊，手頭真絚，無一點仔冗剩（liōng-siōng）錢。等甲手頭較冗（līng）的時，尤其佇美國的小妹做生理趁大錢，逐時予伊一堆錢的時，就開始足愛場面，出門愛坐好車，璇石真珠瑪瑙掛甲規身軀，閣真愛品手錶價值一百萬，是查某囝買予伊的。阮足無愛伊按呢，但想著伊較早的辛苦，就算是一種補償的心理，也無要緊啦！

阿鈴卻是個性勤儉，誠貓毛，講話眞直的人。毋過伊的心肝足軟，眞愛幫助人。伊眞熱心教會的事務，一方面是服侍天主，一方面是服務教友。翁某兩人一个是傳統的佛教徒，一个是佇教堂邊大漢的，但是閣好溝通。我袂重民俗拜拜的代誌，阿鈴的信仰 thōng 愛是服務別人。伊這款個性，加上是護理人員，對阿母身體照顧差不多是總包，無推辭。毋過伊的本性是參阿母袂合的，阿母對伊一方面依賴，一方面若看著大漢新婦久久仔出現一擺，輕聲細說，哎兩聲，伊就歡喜甲擋袂牢，一直講大漢的較有孝，眞無公平，嘛眞無奈啊！

水生香插好，合手拜一下，吐一口氣。這馬想遮攏無效啦，美鈴已經袂轉來矣，袂當照顧阿母，也袂當時常唸《玫瑰經》爲阿母祈禱矣，阿母也無機會閣爲著伊去教堂彌撒，就講這个無全教的新婦攏拋拋走矣。總講，這陣是專心照顧阿母較要緊啊！

拄欲落樓梯，伊的手機仔鉎 (giang) 起來。是佇台北讀冊的查某囝咧欲註冊，愛寄註冊費矣。

●

這个早起，日頭拄好轉燒烙，阿婆的輪椅已經對公園倒轉來。

伊一直欲共人品大生日彼工，辦十外桌閣兼有請樂隊的鬧熱場面。不過，規个公園運動的老歲仔攏咧會天狗熱的代誌。

遮爾仔恐怖？阿婆厝內有《中華日報》，是較早老伴訂的，伊一直無退掉，但是真少咧看。今仔日，伊特別叫看護留落來，毋好提去包物件。

「天狗熱疫情繼續升懸，有糖尿病高血壓的老歲仔愛特別小心！

九月初二，一工增加 318 个，全市已經有 3,825 个病例，死亡 10 个。北區 thōng 嚴重，病例 1,625 个，欲到全市的一半。

市政府呼籲逐家愛注意環境衛生，厝外有物件囤水愛倒掉，有所在積水愛清掉，愛巡看頂頭有蠓仔卵、蠓仔囝無。」

阿婆愈看愈驚惶，閣看落去：

「另外，以案例來看，死亡的攏佇七十至九十歲。有糖尿病高血壓慢性病的老歲仔若染著，有十倍的死亡風險。」

唉呀，唉呀，代誌大條啦，講來講去攏著著我啦！

北區，我蹛的所在就是北區，七十至九十，我今年八十四歲，嘛是著著。

足久無咧看電視矣，這馬煞專門看天狗熱新聞，不准人轉台。尤其咧講閣有幾个著著、有幾个死去的時陣，就目睭金金相，真驚惶的款勢。

府城的天狗熱雖然逐年有，但是這擺無仝啊，對八月十二開

始，就有一个天狗熱死亡，市府講逐家毋免傷驚惶，死者是本身
有重病的。

像按呢坐輪椅閣兼糖尿病、高血壓，敢算是重病？水生啊，
你敲電話去衛生局問看覓咧。

閣過來，八月十八，死第二个，二十五死第四个，到九月初
二已經死十个。血壓也愈衝愈懸啦，有高血壓糖尿病閣兼半身不
遂的老歲仔，蹔佇疫情 thōng 恐怖的北區啊！

這馬去公園散步，定著愛減，欲出去，愛用長衫共身軀封予
密，防蠓的水愛噴較濟的。阿婆仔交代水生仔，閣對阿妙踅踅唸。

九月二二，死亡達到二十三个，伊就要求遮蠓罩出門。

九月三十，死亡蹤甲五十个，伊驚甲咇咇掣，攏毋敢出門
矣！

●

聽講貓霧光進前有一條夢的界線，但是無人有法度看著。

這一工，親像去老還童，伊褪赤跤行向山頂的一條小路，真
歡喜，終於會行路矣！穿一軀粉紅花仔點的衫褲，阮是當青春的
少婦。

伊的跤步真輕猛，雖然小路一直上崎，閣坎坎坷坷，跤底卻
是一點仔攏無感覺。

自從嫁予警察，一冬調中部，一冬調海邊，有時勤務真重，

講好歇睏猶閣袂當，欲轉來看 tòo-sàng（とうさん，父親）、khà-sàng（かあさん，母親）實在眞無簡單，翁仔某定定嘛爲著這冤家。終於最近調來十公里外的西山派出所，用行的，兩點外鐘爾爾，無一定愛春生載。

　　半行半走，眞緊就來到出世閣長大成年的所在。一間塗墼壁的老厝，厝頂崁稻草，正爿邊仔有眞大的一窟水，全家洗衫洗身軀兼摸田螺，攏佇遮。

　　「Tòo-sàng、khà-sàng，我轉來矣！」逐擺轉來，攏會佇遠遠就按呢叫，有時陣，tòo-sàng、khà-sàng 佇向（hiàng）爿山拍筍仔，回應的聲音會佇山坪揀來揀去，幾若刻聲才會來到耳空內。

　　毋過這回，眞奇怪，不管舊厝這爿，筍仔坪彼爿，甚至窟仔遐，攏無人應聲。連會踮踮跳（phut-phut-thiàu）生狂吠的 Há-luh，也無看著影跡。敢是 tòo-sàng 焄 Há-luh 去拋網掠魚？抑是去坑溝彼爿撈蝦仔？毋過 khà-sàng 通常會佇厝裡煮飯啊！敢會睏睏睏？伊心內有一種歹代的感覺，三步做一步就來到厝頭前。

　　門開開，裡底有一點仔暗，閣有一點仔光。啊，哪會日時點燈仔火？

　　伊逝過戶橣，大步行入去。

　　攑頭看著一堆人坐規排。Tòo-sàng、khà-sàng、jì-sàng（じ

いさん，祖父)、bà-sàng（ばあさん，祖母）攏坐佇遐，閣有兩个捌看過畫像的查埔阿祖佮查某阿祖，連伊出門時陣佇派出所咧當值的春生也來矣！

而且，閣較奇怪的是，個逐个人攏坐坦敧，尻脊骿攏揹一枝琴，五條線，琴身彎彎若兩枝牛角。

個後壁彈頭前的琴，喙微微仔振動，琴聲人聲攏眞幽微，像咧唸經，也像蠓仔咧叫。

看伊入來，逐家手停落來，身軀越過來。坐佇中央的查埔阿祖掠伊金金相一下仔，手比向倒爿邊仔。

「阿蘭仔，哪會這陣才到？來，去壁頂攑一枝琴，你的位佇遐。」

阿祖母捌看過，閣知影伊的名，毋過比出來的手，眞瘦眞幼，手盤毛毛，足親像蠓仔的跤爪。

「這是啥物所在？」伊問阿祖，無應。Tòo-sàng、khà-sàng 頭幌咧幌咧，嘛無應。

最後，去攬春生仔。想袂到嘛是頭殼犂犂毋插伊。

伊非常驚惶，覆佇壁頂大聲吼：「救命喔……」

按呢吼足久足久，總算有人來救伊出去。敢是美鈴？

繼落，伊已經坐佇日本宿舍「玄關」的板仔頂，頭前是，一雙大紅的繡花鞋。遠遠，美鈴的跤浮浮，飛向北爿的天頂去。

阿婆做夢喝甲直大聲，予睏佇邊仔的阿妙共拹精神。窗外天
色，貓霧仔光。

●

水生已經退休一個月矣。阿妙閣無一冬，就愛先轉去菲律
賓，才會使閣倩來，伊需要先熟練照顧的工課。這馬攏透早就去
買菜。

伊拄開門入來，就看著阿母已經坐起來佇眠床邊，面仔青恂
恂，清汗泏泏津 (tin)。

「阿母！阿母！你人咧艱苦 nih？我要緊來叫救護車！」水
生真緊張，就欲去敲電話。

阿婆搖手，叫水生攑椅頭邊仔坐。

「做夢啦！一个恐怖的惡夢，」伊帶煩惱閣懷疑的眼神看後
生。「祖先，公仔媽，恁阿爸攏佇內底，真奇怪，也有美鈴，敢
講……」

伊將夢中情景講出來，手摸胸坎，原在呅噗叫。

水生聽一下煞愣 (gāng) 去，神神，幾若分鐘，落尾擋袂牢，
手掩面大聲哭出來。幾個月來積佇心肝頭的悲哀的目屎，做一下
抭出來。

幾個月來，看阿母身體真虛弱，驚袂堪得刺激，毋敢講出
來。這馬是時陣矣，毋通閣掩崁落去矣！

　　美鈴佇半冬前共護士的頭路辭掉，想講按呢，較有時間處理阿母的病體，毋過真不幸，一个落雨暝騎 oo-tóo-bái，佇十字路口予一台砂石車挵著，猶未到病院就往生。這馬伊佇另外一个世界，也是繼續咧為阿母唸《玫瑰經》，伊祈禱你的跤會有奇蹟，會當閣跍起來行……

　　阿婆雄雄像予電電著，身軀硬硬，目睭直直袂振動，只是目屎已經順喙頓流落來。

　　今仔日，窗外貓霧仔光，一直等無日頭現身，天漸漸暗落來，欲落雨矣。

　　一隻貓佇外口 iaunn-iaunn 叫，入來覕雨啦！

●

　　府城的天狗熱流行佇舊年十月外就漸漸消散。新春來矣，遮猶閣是花紅柳綠、工作生活、結婚飼囝、休閒散步的好所在。

　　三月的透早，水生揀阿母來到東豐路散步，斑芝花紅 phà-phà，有的已經結子，有的落甲規塗跤。也有綿綿的思念佇微風中飄來飄去。

　　阿婆叫水生停一下。伊手提美鈴較早唸經咧用的唸珠，五十九粒，佮一个十字架。伊袂曉唸經，毋過看著遮就想著美鈴。

　　天貓霧光，閣較光，對斑芝樹縫射落來，阿婆的面圓輾輾，鼻 to-to，目睭細蕊，毋過褪真開看向天頂。阿鈴已經去佇天主的身邊啦乎！

伊目瞤瞌落來，手合掌，唸珠佇中央。親像咧告解、懺悔。

丁蘭，今年八十五，雙跤殘廢，這馬後生佮看護咧照顧。

細漢時陣，出世佇桶盤棧（今屬台南市南區），十三歲大爆擊全家疏開去龍船窩（今屬台南市龍崎區），破草厝，只有頭前一窟水，煮飯、洗衫、洗身軀、摸田螺網魚，攏靠這窟。

十八歲去大目降（今屬台南市新化區）姑婆遐洗衫煮飯，個兜做生理較有錢。彼時陣歇眠轉去用行的，一逝路三點鐘。

十九歲大地動，表弟走頭前，予牆仔硞死。表妹佇客廳，腰骨靠傷。我走後壁，門開袂開，外口牆仔倒落去，閣走轉來，姑婆破病走袂去，姑丈大箍人真落眠，輾落板床下，三个攏無代誌。

二十五歲生頭上仔（thâu-tsiūnn-á），囡仔傷大漢，生袂出來大拚血，土產婆怪鳥鼠空窒咧，四界揣。Khà-sàng 一直搝，阿蘭仔，阿蘭仔，好佳哉，魂叫有轉來。

嫁翁了，飼三个囡仔。春生仔做警察，好聽。別人油洗洗，干焦伊無食錢，不時月頭就借錢，飼雞飼鴨來鬥攏無夠。彼時陣，不時罵春生仔頂顢無路用。

囡仔大漢，一个一个有好頭路，尤其查某囝做生理趁大錢閣顧後頭，生活變真好過。較早散（sàn）phì-phì，予人看無現，這陣一定愛穿予婧婧，場面做予好看，輸人毋輸陣，用的物件一定愛 thōng 好的。

毋過，捌聽大愛節目證嚴法師咧講，人閣較好額嘛食三頓睏

一張眠床爾爾，生活簡單就好，有冗剩著愛來幫助困苦、栩飢失頓的人。

美鈴就是這種家己清彩，用真濟時間精神來幫助別人的個性，較早定定予我唸戀人，家己毋顧顧別人，閣愛神無愛人，像三月時仔，對耶穌受難日噤喙到復活日，定嘛予我笑疼的。

不過這馬想起來，這个直話直講，足勢控制袂使食甜的新婦，實在是好人！

好人哪會早去？上天無公平啊！

丁蘭目屎流落來，滴佇唸珠頂面。

●

佇府城的開元佮林森路口閣較南片，真早進前有一欉百外冬的榕仔，身軀縛一條大紅布條，時常咧換新，三不五時有人會去拜拜，樹王公顧佇路口，車輛正爿去倒爿來，條條有理，敢若有保庇。

後來厝愈起愈濟，車也愈來愈積，真濟人反映路口傷狹（èh），應該將榕仔剉掉。政治人物逐家應好，好，就是無人敢行動，個攏驚得失神明，有災厄。

聽講尾 tàu 市長蘇南成當咧旺的時陣，攑斧頭 póo 一下，怪手才隨後挹倚來。這馬，這搭四邊攏店面，餐飲店滿滿是。

定佇遮出入的人，可能最近時常會看著一隻三跤貓，烏白的花紋，倒爿前跤 phuat-phuat，毋過看起來嘛猶真靈活。若閣

較注意共觀察，伊的倒爿喙顊有一爿已經臭火焦的舊傷痕，伊的目睭褫真開，隨時保持警戒的狀態。敢是流浪貓啊，佇遮巡糞埽籠，抾潘（phun），已經有一站矣。可能生張無好看，毋但無人收留，閣定定有店頭家攑掃帚共搄予走。平平是貓，也有落塗時八字命，有的妝婧婧睏眠床頂，閣兼食水煮的鮮（tshinn）魚仔，有的是四界討食，閣予人趕來趕去。

這隻貓，有時會出現佇開元寺附近，行來行去。

●

阿婆的輪椅經過林森路的公園，佮後生水生仔散步了拄欲轉去。

林森路的步道真大條，邊仔幾若个公園，無予機車或是商店雜物占用，是一條真正的人行步道。

佇倚近開元路這个公園，三个婦人人佇路邊開講。石椅頂彼个縛 nî 尾仔穿誠外式運動衫雞健仔（ke-nuā-á）生雞健仔生的，抱一隻白雪雪的貓咪。伊一直挲（so）貓咪絨絨幼麵麵的身軀。貓咪目睭半開半瞌，嘎一下，頜頸頂紅色 tsiú-tsiú 的鈴仔就鈃一聲。

「啊，好命貓，好命人！」阿婆吐一口氣（khuì）。

●

這馬飼狗飼貓的人愈來愈濟，真古錐的寵物，當做人咧疼是

四常的代誌。

　　較早美鈴嘛捌飼一隻，放佇我遮，講是欲予我做伴。伊眞疼這隻貓咪，是佇收容所認養的。美鈴的查某囝靜瑩共號做 Sa-khú-lah。伊講，貓對人有心理安慰佮治療的效果，阿媽身體無好，需要貓咪做伴。阿媽較早捌讀過日本冊，上愛櫻花，這馬欲去看櫻花無方便，貓咪就號做 Sa-khú-lah。

　　毋過，因爲對貓無好感，從少年，囡仔討欲飼貓，就一直攔（nuâ），無法度就借一隻轉來予個耍耍咧，借口講若有生才分來飼。事實上，是嫌伊跳來跳去，抓破膨椅，烏白放尿，iaunn-iaunn 叫，閣愛佇人的身軀軀，貓毛颺颺飛，影響人的肺管。

　　會記得，一个毛毛仔雨的欲暗仔，拄好大漢新婦佇遮，就叫伊掠去放生。而且交代放較遠的，才袂走轉來。事後閣騙講，可能 hong 貓母去矣。

　　唉，這陣想起來嘛可憐，毋知伊流浪去啥物所在？

　　　　　　　　　●

　　貓霧光的透早，愈來愈慢光矣。

　　看護阿妙仔欲開門去提報紙。

　　門拄拍開，就挵著一團軟軟的物件，iaunn 一聲足大聲。

　　「唉唷，alley cat，scram！Scram！」

　　阿婆已經精神，聽著阿妙咧喝貓，講等咧！揀我來看覓。

　　是一隻烏白相摻的貓咪啊，雖然瘸跤（khuê-kha）破相，但是

看著眞熟似。貓咪掠伊金金相，本底目睭展大蕊，紲落眨眨瞡，親像欲吼出來。

「啊，敢會是……」

●

Sa-khú-lah 講起來眞可憐，被放揀了後，佇街路流浪幾若工，枵飢失頓，一直揣無轉來的路。有一工，看著對面若像伊的主人，雄雄傱過來，就予車挵著矣。倒爿跤斷去，倒爿面血 sai-sai，倒佇路邊喘，落尾予過路人共拖去草仔頂。

總是伊活落來矣。有人講貓仔有九條命，對十外層的樓頂跋落來閣會活，若按呢，予車挵著，閣活活跳跳嘛無稀奇。

●

阿婆八十五歲的生日咧欲到了。照往例，伊攏會吵欲去新光三越買專櫃的高級衫，閣交代大億麗緻愛提早訂，而且彼粒足大粒的壽桃愛炊予熟，袂使佇人客頭前漏氣。這佇舊年坐輪椅了後，嘛照常進行，只是請的人客較少一寡爾爾，因爲年齡差不多的親情每過一个寒天，就過身幾若个。

但是今年較奇怪，毋但無咧吵這件事，閣有一个暗頭仔，伊共大漢囝金生、細漢囝水生，攏叫來眠床邊。

「今年生日取消，莫辦矣！若一定欲辦，買一个雞卵糕，意思意思就好。儉起來的錢，捐予流浪貓的收容中心。閣來，我本

底有俭一條一百萬的棺柴本，按算過身了欲用的，這馬共提去寄付予天主教的慈善機構，將來我的喪事，簡單，會記得唸美鈴定咧唸的彼幾句就好。閣有，入木了後，毋免禁忌民間例，Sa-khú-lah 愛陪踮身邊。」

「歲頭活甲遮爾濟，雖然雙跤袂行，會當有遮好的照顧，有囡仔陪伴我，真滿足矣！予人放佇療養院，擲佇壁邊，遐的人閣較可憐！咱有能力就愛去照顧可憐人啊，愛時常為個祈禱！」

水生仔聽甲耳仔覆覆，目箍紅紅。金生仔佮個某想毋知啥物道理，阿母，敢是阿茲海默發作，pha 去矣？

●

三月開春，貓霧光的透早，三跤貓以輕靈的，變形的，霧一般的跤步，行佇有玫瑰芳味的牆仔頂。

水生提一份《中華日報》。

「台灣國際蘭展開始矣，今年是猴年，主辦單位特別引進一百欉厄瓜多爾佮秘魯的猴面蘭。」

水生報予阿妙仔看，「猴面蘭，有媠無？」

後禮拜欲轉去菲律賓一站仔的阿妙，靠倚來看。

「鶴麵郎，鶴麵郎！」

彼个特殊的腔口，水生仔聽甲哈哈大笑。

「啥物啥物？好命人？今年是猴年，我相（siùnn）猴，今年活甲八十五，目睭猶真金，耳空嘛誠明，我是好命人啦！」

丁蘭阿婆家己紡（pháng）輪椅對房間出來，伊操作輪椅的技術愈來愈好矣。

天貓霧仔光，愈來愈光，照佇伊的全身，溫馴溫馴，福相閣慈祥的，一个開悟的人。

●

貓霧仔光，愈來愈早光矣。Sa-khú-lah 繼續伊輕輕有靈氣的跤步，丁蘭輪椅紡來佇玫瑰花邊，彼幾欉黃菊已經閣種起來矣。

水生仔行過來。

「阿母，我早仔猶未起床，有接著一通手機仔。」

「電話彼丬傳來美鈴的聲音。」

「我問講美鈴美鈴，你人佇佗？」

「伊講，遮的天頂有夠藍有夠藍的，」

「遐是佗？」

「遮是天堂啦！」

石
頭
佮
鐵
枝

1

　　一冬一擺的好人好事代表名單公佈矣！拍鹿鄉幌頭庄的村長祿仔佮代表榮仔，一个當選縣政府表揚，一个鄉公所表揚。講當選，其實攏是鄉長giau 的。

　　拍鹿鄉佇烏頭山跤，予一條山頂流落來的鹿仔溪分做兩爿。山坪主要種林菝（ná-puàt）、荔枝、竹筍。鹿仔溪早期有鹿仔食水，落尾賰溪墘的鰗鰡佮水裡的溪哥仔。閣自從工場起倚來，就時常有鮮艷的色水佇溪底漂流。鄉民講，夭壽咧敢有毒？毋過一寡插政治的解說做「瑞氣千條」，講地方咧欲發矣！

　　幌頭庄位置拄佇這種瑞氣 thōng 強的溪段，村長祿仔佮代表榮仔的事業佮政治勢力嘛確實愈來愈興旺。個一个開笑間，一个顧場。聽起來是誠有來歷的人物，毋過其實兩个人攏是殘障，一个倒手斷四指，一个正手睛

半橛。欲講個兩人的故事講袂了，村民若佇廟口抑店頭泡茶，定
定嘛講對遮來。

　　村長祿仔，較早外號叫石頭，因為從少年足愛相拍，伊的拳
頭拇有硞硞（tīng-khok-khok），予揍（bok）著，烏青激血閣兼帶身
命。

　　代表榮仔，原來外號鐵枝。全款足愛相拍，手肢足硬，會堪
得予棍仔搧幾若下，攏袂按怎樣仔。

　　兩个從國校就全班，全款是相拍雞仔。對國校攃甲初中，無
讀冊了後，攏佇烏頭山的步兵靶場咧扶銃子殼仔。為著相搶，兩
个人定定對山頂拍甲山跤，拍甲輾落鹿仔溪。

　　有一工，兩个人同齊對隔壁巷仔行出來，瘦抽的鐵枝肉材較
白，武腯的石頭烏銑烏銑，平平穿白色 siat-tsuh 配烏色長褲。
庄內的人誠少看個穿按呢。

　　「哎喲喂呀，猴穿衫變人！」石頭代先喝聲剾洗鐵枝。

　　「喔，喔，毋成囝透早就咧哭爸哭母咧，閣穿甲親像咧出
山！」鐵枝隨就共唱倒轉去。

　　姦恁娘，兩个人較臨同時出聲謷姦撟，衝倚來欲相拍。

　　對面亭仔跤，佇山頂拍筍仔轉來的阿欉伯仔翁仔某拄咧歇
喘，看著趕緊倚來占。

　　「兩个少年的，咧欲做兵矣，毋通閣冤落去矣！」兩个老的，
一个摁一个共個分開。

等個來到鄉公所頭前，來欲身體檢查的役男已經排誠長，逐家攏褪腹裼，穿內褲 tsang 仔，提體檢表。日本時代留落來的公所，門窗舊落漆，外頭無遮無閘，干焦插一枝無風飛袂啥起來的國旗。七月大熱，逐家規身軀汗。

體位分等，石頭佮鐵枝攏是甲等。毋過有兩个高長大漢的，煞列做丙等，毋免做兵。聽講一个是跤頭趺有問題，一个是兩蕊目睭近視度數差傷濟，不過看個動作遐爾仔猛掠，逐家攏誠懷疑。

「姦！姦！」包括石頭佮鐵枝在內，真濟人攏罵出來。

這兩个死對頭，中心訓練分發佇內庄仔佮查某營，無全所在。毋過兩個月後抽鬮（khau），足拄好，攏抽著金馬獎。閣較拄好的，欲死毋死攏落佇東引的水鬼仔部隊。

「夭壽咧，這聲有通摵甲死來昏去矣！」幌頭庄的人頭殼幌咧幌咧，攏按呢講。

2

東引舊名東湧，是較早反共救國軍駐守的所在。島嶼誠細，若輕鬆仔走，那欣賞四邊淡甲無邊際的紺色，佮佇面頂揀來揀去透明的風湧，較臨兩點鐘就聽好（thìng-hó）踅一輾。

小小的碼頭，補給載兵兩用的平底船靠岸無問題。只是有一寡勞眩船的，經過基隆到東引八點外鐘的頂下撼搣，吐甲規身軀

軟荍荍，就愛靠人偝上岸。

　　偝人，通常就是兩棲的代誌囉。誠無聊！遮水鬼仔兵一日到暗佇水底軁來軁去，眞是看無起坐一下仔船就軟膏膏的人。毋過，若是聽著白雪藝工隊來，逐家就相爭欲來偝，有人會掀工用抱的，講按呢較四序。想看覓，裼腹裼穿紅短褲，手抱一个白雪雪軟膏膏的美女，眞正有英雄救美的感覺啦！運氣若咧透，抱著崔苔菁、白嘉莉，就會當共人品一世人矣！

　　石頭揹一跤大揹包，三伐做兩伐就行過棧枋。鐵枝雖然吐甲面白死殺，毋過看石頭傱過去，輸人毋輸陣，嘛無愛予人打扎（tánn-tsah），就家己行過。伊扙一下，險就跋落水。

　　「兩棲偵察連！蛙人部隊！需要三个新兵，有興趣的過來這爿，有機會做戰鬥英雄喔！」碼頭的後壁角有兩个上士仔佇遐大細聲喝。個的胸前攏結一个骷髏頭，寫兩字「海龍」。

　　逐个新兵看著攏緊閃，石頭看著心內喝好，「嗯，這訓練了會較勢相拍。」就攑手喝「有！」走倚去。

　　鐵枝本底猶咧眩船，看著按呢嘛傱過去報到。眞正是一對冤家！袂鬥陣 tsín 閣一直 khenn 牢牢。

　　招三个新兵，另外一个是大專兵，生做斯文斯文，跤手無猛掠，甚至看起來有一點仔死趄，應該是無合這个部隊，毋過聽講是按算欲來做政戰工課的。

　　報到第二工，三个人就開始接受嚴格的訓練。

　　兩棲連的營房就靠佇海邊，尖 bui-bui 的礁石滿滿是，海

湧 tshiūnn 起來就拍著厝壁。一个小小碼頭是咧予小艇起落用，細隻塑膠船攏是用扛的。遮的兵仔攏褪腹裼穿紅短褲，草綠色的軍服眞少用著，連飄幼雪冷 sih-sih 的十二月天嘛全款。

啥人較會堪得，操落去連鞭就見輸贏！兩个歹骨的，本底無啥會曉泅水，共掠去幾若百公尺的海中央，擲落去，正泅倒泅攏食水，想袂到學狗仔泅，嘛硬爬爬轉來到岸邊。鐵枝進前，石頭佇後壁逐，差三尺外爾爾。另外彼个斯文的肉跤，干焦離岸邊成百公尺，就泅甲變酒矸仔，食水食甲喝救人，用扛的轉來一路吐青汁，誠無效。

遮的水鬼仔隊，離台灣足遠，離新聞記者嘛誠遠，無四跤仔操佮天堂路的表演，毋過伊的操法可能閣較野蠻，較接近求生本能啦！譬如有一種逃避敵人追殺的訓練，規身人跳落屎礐仔內踮沬 (tiàm-bī)，跍出來閣繼續走。不而過，個兩个人上興趣的是相偃佮跆拳道。

按呢經過兩個外月，兩人攏通過訓練，攏遛幾若層皮。鐵枝本底白肉底，曝甲紅牙紅牙，已經袂眩船矣。石頭愈來愈烏，兩塊胸坎肉膨獅獅，親像烏金鋼。另外彼个斯文的，干焦訓練兩禮拜就面青面綠請求退訓，換去大隊拍坑道矣！

「無緊旋 (suan)，毋是操死，就是予水駐死啦！」伊咳咳嗽，規身軀誠濟礁石割過的傷痕，跤底膨疱 (phòng-phā) 一直無好。伊離開彼工，看起來疲勞可憐，揹大跤袋仔，躘咧躘咧行向小島的另外一爿去。

3

　　猗秋拄過無偌久，山坪邊有一簇一簇的石蒜，紅色的花蒿托懸懸，佇風中搖幌。天頂紅尾伯勞仔趕欲去南方，一隻一隻飛過東引燈塔。這時陣，穿紅短褲裼腹裼的兩棲連，規群佇路裡奔走，跤步佮喘氣的聲音傳甲規个島嶼。

　　個的連長看起來瘦閣薄板，風霜臭老，佮隊員青春勇壯的肉體形成對比。毋過予人意外，伊親像瘦筋暴衝的猛獸，兇狂直直phiak。有時小可仔慢落來，連鞭就閣催一速的，拚去上頭前。

　　石頭佮鐵枝，佇訓練中間逐時操甲虛leh-leh，無力通想其他代誌。一下結訓，新仇舊恨隨浮上心頭，閣開始犀牛照角矣！

　　講著個的仇怨，其實是自頂一代就帶來。佇幌頭庄的老輩攏叫石頭的老爸「賊仔明」，偷網魚、偷到柴、偷鉸電線逐項會，定定予派出所掠去問，有時去關幾個月仔才閣轉來。鐵枝的阿爸叫佬仔川，喙足勢轉，賣山產定定偷摻磅仔，替喪家買棺柴嘛會踏利頭，庄仔內風評無好。這兩个人本底隨人做歹無牽礙，想袂到時代轉變，選舉愈來愈濟，買票也愈來愈風行。有幾若回的鄉長議員選舉，兩个人攏去引做柱仔跤，賊仔明的名冊抄過彼爿鄰，佬仔川的名冊抄過來這爿鄰，去到候選人遐煞重複傷濟，為著愛刪啥人的，逐時戰甲死來昏去。

　　石頭佮鐵枝國校全班，兩个歹骨的不時觸來觸去，囡仔冤家起大人事，兩家的仇怨也愈絞愈深。

這一工環島走一輾了，逐家來佇一窟石頭砌（kih）的水池沖身軀。

兩棲連的陸上體能訓練除了蛙人操、環島走，嘛真重仆地挺身。佇舊年的紀錄是連做九十下，鐵枝加入了後破紀綠，做甲一百空六下。伊的胸坎圓 kún-kún 膨獅獅，做仆地挺身的胸坎是圓的。石頭的紀錄是八十五下，感覺誠怨妒，就另外去操石輪，練甲胸坎肉四正四正，束結束結。

佇水池仔邊，兩个徛遠遠。石頭用一塊洗衫雪文抹規身軀，閣用棕筅仔擦。鐵枝洗甲較斯文，毋過兩蕊大目睭定定佇犁犁的馬面 niau 起來，相石頭的跤縫。

「看啥潲？」石頭本底就咧共注意，看著鐵枝一直相伊彼个所在，掠狂起來。

「哈哈哈……想袂到……」鐵枝煞大笑：「想袂到體格遐粗，牲體會遐爾仔細副！」

石頭兩翼（sit）粗大的目眉翹起來，四方（sì-pang）面紅絳絳，大力共棕筅仔擎（khian）去。

鐵枝閃過，棕筅仔煞擎著班長。

「幹什麼！」班長大喝，聲音像霆雷：「想要關禁閉嗎？」

兩个人就無意無意恬去，看表情攏誠毋甘願的款。

個兩个就不時按呢，定定有一點仔小代誌，甚至攏無代誌就相觸。有一回閣較離譜，為著買票排全一个查某，相搶欲先用，

佇八三一頭前就起跤動手，冤起來。排長接著通報誠受氣，共規排兵攏叫倚來。

「來來，欲，就來一擺公開決鬥，莫踮外面卸世卸眾！」

規排兩樓蛙兵就踮營房邊早暗點名的所在圍一輾，予個兩个佇中央比武。

這場決鬥閣親像講通和，兩个人攏用跆拳道出招。

石頭生做武膞，伊刷踢誠懸誠準，拳頭拇的力頭更加免講。鐵枝雖然較有睏尾，也較會堪得拍，毋過大部份的人原在睭石頭會贏。

兩个人攏褪腹裼、褪赤跤，佇紅毛塗頂頭戰起來。個揍來揍去，踢來踢去，正拳勾拳錘拳，前踢側踢勾踢，塗沙粉仔蓬蓬迣，加油聲，海湧的聲，共無啥物通娛樂的外島兵仔帶來一寡趣味。

來回一兩分鐘，石頭連紲猛攻，一个正拳揍著鐵枝的胸坎，鐵枝退幾若步閣踮好勢。石頭的前踢下壓連紲出招，鐵枝閣一直倒退。看起來差不多欲敗陣矣。

這个時陣，鐵枝雄雄一个後旋踢，phah 一聲，正正踢著石頭的頭殼。紲落閣第二下……

這場決鬥的輸贏，出逐家的意料之外。

4

1980 年代，東引猶有誠重的前線氣氛，空氣一喙一喙，整整齊齊欶入肺部，島嶼戒備森嚴，衛兵目睭佮銃管攏金爍爍對準

海面，一點仔都袂使失覺察。

佇海邊徛衛兵的石頭，忽然間看著一个人浮浮沉沉泅倚來。

「逐家注意，海面有人！」石頭銃管對準彼个泅過來的形影，大聲喊喝。營房附近的人齊走倚來，也有人去報告連長。

阿共的水鬼仔侵入袂佇日時，而且通常是金門才會。逐家半信半疑，全神戒備。落尾，發覺是一隻大海龜，才攏散去。

佇這个島嶼，反共救國軍的戰事已經離誠久矣，戰爭佮和平的氣味定定相濫雜佇混沌的意識內底。比如，阿共的漁船仔定嘛有意無意刁工一直駛倚來，愛拍砲共趕走，毋過著相予準，拍前拍後，袂使拍著船。若是無注意磅著就慘矣，可能會判軍法。

石頭自從公開決鬥拍輸鐵枝，心情一直誠鬱卒。加上最近升下士的代誌，予伊更加想袂開。

「李建德欲升下士囉！」

有一工聽營務士咧講，伊就走倚去問：「平平仝梯的，哪會干焦升伊爾爾！」

「李建德有加入國民黨，優先升官。」營務士參政戰士啉酒，頭攏無越過來。

「這馬加入嘛無效，無缺啦！而且……」營務士掠政戰士仔看一下，「你的安全資料紀錄無好。」

想著遮，石頭坐落來，卡賓銃园大腿，欨一枝薰。

營房的另外一爿，大岩石後面較揜貼 (iap-thiap) 的所在，有

小吃部，是一个老芋仔士官長開的。伊會利用歇睏的時間去海底掠龍蝦、黃魚、蠘仔、淡菜，這攏是配燒酒的好物。尤其是淡菜，個共號做海膣屄，因為發一簇毛，形體閣誠成。外島的兵仔，除了八三一，無查某囡仔通講話，所以這種帶粗魯的講法，不止仔受歡迎。

石頭最近文的武的攏予鐵枝贏過面，干焦一回搶贏一張雜誌頂向娃的相片，貼佇眠床頂面，心內誠無爽。

下暗點名了後，伊來到小吃部，點一盤海膣屄，就開始大啉。伊擔一下頭，懸倒落低，一點鐘內啉二十矸 bì-lù。

伊想欲行倒轉去寢室，顛來顛去，半路就蠕落土跤，毋知影人矣！

隔工早點名的時陣，石頭猶閣倒佇紅毛塗埕中央，按怎都抾袂精神。

連長出來，值星官已經共部隊集合好勢，石頭倒佇連長咧徛彼位。

「混蛋！混蛋！搞什麼鬼！馬上拉起來！」連長湖南人，大發脾氣時，瘦削的頷頸筋脹甲足大條，規面紅絳絳。

毋過班長排長倚去搝，石頭只是嗯嗯兩聲，猶閣躺落去。

「拿條繩子綁起來，丟到水裡去！」連長的面由紅轉烏黕。

班長叫鐵枝去提索仔來，兩个人共石頭跤手攏縛起來，對小碼頭邊放落駐 (tū) 水。

石頭驚一下酒攏醒起來，毋過跤手縛牢咧泅袂振動，食水食甲 bo̍k-bo̍k 叫。

鐵枝看伊食水，心內有報冤仇的感覺，從細漢兩个人冤家相拍的新仇舊恨一幕一幕浮出來。

「報告連長，可以拉起來了嗎？」咧欲兩分鐘矣，班長越頭看連長。

「不行，五分鐘再拉起來，看他以後還敢不敢這樣！」

夭壽咧，兩棲的雖然誠濟人會當禁氣兩分鐘，毋過有法度禁甲五分鐘的，可能干焦連長爾爾。講可能的意思，是連長彼回表演禁氣的時陣，毋知有偷食步無。

「報告連長，三分鐘了，可以拉起來了嗎？」班長閣越頭看連長。

連長原在搖頭。規連的人攏不安起來，鐵枝本底佇透早的海風裡，長長的下斗微微仔翹，感覺誠欣爽，這陣開始頭犁犁注意著石頭已經無咧滾躘矣！

閣過半分鐘，逐家攏越頭看連長，伊竟然手撟後，行對邊仔去。

「唉！」雄雄，鐵枝大喝一聲，緊手共石頭摸上水面，拖過來紅毛塗頂。

「他媽的，敢抗命！」連長一下側踢，共鐵枝踢落水。

這時陣，排長班長攏走倚去共索仔歕起來，做人工喘氣。

一觸仔久，石頭喔喔兩聲，水霧出來。

鐵枝跍上岸，跍佇石頭的邊仔，規身軀濆糊糊，沺沺滴。

5

東島除了成做重要基地的本島，附近閣有一寡誠料小 (liāu-siáu) 的礁石島嶼，過去佮東島全款有輝煌的守護戰爭紀錄，最近經過指揮部規畫，參本島敆敆做伙，成立一个歷史館。

彼个佇兩棲退訓的大專兵崑福仔，毋知按怎三變 (pìnn) 四變升到中士，閣兼派去顧歷史館。因為最近內部整修定有一寡粗重物件愛搬徙，伊建議借調石頭去幫忙。

「遮爾仔濟英雄！」石頭看著一疊一疊的文書資料，紀念性的物品誠稀罕，其中予伊心頭振動的是壁頂幾若排的戰鬥英雄相片。攏烏白的，逐家目睭射出殺氣，敢若靈魂猶閣咧顧守這个島嶼。

「蛙人部隊！有機會做戰鬥英雄喔！」石頭想著當初志願去兩棲部隊的期望，這馬看著這堆陣亡烈士的相片，雄雄感覺悲哀。

「毋是戰死就是英雄，愛有誠濟感人的事蹟。我佇遮是專門咧收集整理資料的。若揣無這方面的資料，嘛愛想辦法寫出來。」崑福仔蔭甲白白肥肥，已經看袂著彼陣退訓離開的可憐形狀。

佇歷史館的另外一角，有兩三个全款借調來的兵仔，有人一直抄寫，有人咧畫地圖，誠無閒。

石頭對硬篤的單位變涼兵，不時會當坐佇草埔仔頂食薰看

風景。春天連鞭閣到矣，規山坪黃 ho-ho 的油菜花予伊想起故鄉鹿仔溪的刺查某仔、山杏茱，這陣嘛是發甲滿溪垺，拄著仔閣會有古錐的白翎鷥行來行去。足久無轉去矣！毋過照規定，愛有特殊表現記大功，長官才會特准休假轉去台灣。休假時間配合船期，通常兩禮拜至三禮拜。這馬做涼兵矣，看起來欲特休是罔數想爾爾。

　　石頭有時閣會想著鐵枝。伊知影彼擺予連長下令駐甲袂喘氣，危險的時陣，是鐵枝抗命救伊的。同鄉的，閣較歹嘛是家己人啊！想著這，伊吐大氣，閣點一枝薰。

　　有一工下晡時仔，石頭出來坐佇草埔仔頂，薰猶未點落，遠遠看著連長行過來。

　　「連長好！」雖然心內足袂爽，石頭嘛是隨徛直直，行禮。

　　想袂到這回連長笑微微：「好，好！」輕輕拍伊的肩頭。

　　「聽說這兒弄得不錯，我來參觀一下。」

　　連長入來到英雄歷史館，別跡攏無看，趨來趨去，干焦一直相䘐的戰鬥英雄的相片。

　　「我算是戰鬥英雄嗎？我有好多勳章呢。」連長越頭看石頭，這句話重複講幾若擺，閣掠伊金金相。

　　石頭雄雄體會著連長的意思，心中動起一个念頭。

　　「報告連長，我來研究一下。」

　　彼暝石頭佮崑福仔參詳了，有一個計謀。

　　隔轉工連長閣來矣。石頭叫連長準備一張佮壁頂遐先烈仝寸尺的烏白相片，伊欲想辦法。毋過條件是予伊放假轉去台灣三禮拜。

　　無偌久，石頭就歡頭喜面轉去台灣休假矣！鐵枝寄一寡東島的特產，拜託石頭提去個兜。

　　從此以後，連長逐時來遮參觀家己的相片，手撆後壁，喙角翹翹笑袂離。

6

　　佇東島做兵已經一冬半，天氣閣漸漸烏寒，兩棲連佇無遮無閘的岸邊，海風 sng-sng 叫。

　　鐵枝已經擔任班長，責任誠大。毋過輪值的衛兵四常看伊佇一個崖口的礁石頂愣愣看海。想伊佮石頭的代誌，閣想對故鄉去。

　　佇拍鹿鄉烏頭山頂，佮石頭搶銃子殼仔，相拍偃來偃去，這陣想起來煞感覺趣味。順靶場後面一直去，是一座一座的墓仔，形體無固定，毋過攏面向鹿仔溪。

　　遐的山坡地是屬軍方管的。不過，為啥物會使做墓地用？阿爸講起一個傳說，毋管真假，聽著攏感覺好笑兼不可思議。

　　有一擺一門墓仔拄才落葬了，師傅當咧掠墓龍。

　　「Khènnh khènnh……」突然聽著 khàm 咳嗽的聲音，一個掛兩蕊梅花的軍官，手撆後行過來。

「這是公家土地，怎麼可以濫葬！不怕抓去關嗎？」軍官足歹，大聲呼喝。

「這這……這是人請阮做的，參阮無底代啦！」這對做風水的翁仔某驚甲面青恂恂，講話 thi-thi-thuh-thuh。

「不管誰的主意，明天到我辦公室說明，不然馬上移送法辦！」軍官放聲了，就大步離開矣！

隔轉工透早，小兵看著一个穿內衫喙鬚鬍鬍無剃的 oo-jí-sáng，行來佇相思林內底的辦公室頭前，入去請示軍官，才放伊入來。

「報告長官，我是彼門風水的主家。」Oo-jí-sáng 徛踮辦公桌仔邊細聲講。

「嗯嗯！」軍官徛起來，順手共屜仔捒開。

「我去上廁所，你等一下！」

等軍官轉來的時，oo-jí-sáng 已經離開矣。軍官佇屜仔內提出一個信封，裼開，看著內底一只新台票，點點咧無幾張。趕緊逐出去。

「混帳！拿回去，這樣是犯法的！」

這件事個阿爸佬仔川定定咧餾，講完就閣加一句，「啊，趁錢人人愛啦！」若像是講天下間烏鴉全款烏的意思。

鐵枝知影石頭會當放特別假轉去台灣的功勞佇佗位，心內想，若參烏頭山的彼件代誌比起來，這就無啥物矣！

　　下半年有入七个新兵，交予鐵枝負責操練。鐵枝予人操過，照原來的進度操作，伊有一點仔手下留情，無操甲遐爾硬。不過，對一半个仔會假昏去、假破病的，伊誠討厭，攏袂當予騙過。

　　佇七个中間有一个大專兵，是位大隊志願欲來自我訓練，挑戰艱難的。伊的體格長長直直，誠耐操。仆地挺身做一百空一下，強強欲破鐵枝的紀錄。

　　這一工，天氣誠寒冷，較臨三四度以下，海水閣較冷。七个新兵佇食早頓無偌久就開始參加泅水測驗。

　　佇落水前先做蛙人操，拄做了，彼个大專兵走過來。

　　「報告班長，我今仔日感冒，頭殼眩眩，請允准以後補考。」

　　鐵枝看伊面色猶袂穩，伸手摸額頭。

　　「哎喲，無發燒啊，驚寒假破病咧，我上討厭這款的，不准！」

　　就按呢，大專兵照常參加測驗。個對小碼頭出發，按算泅向四百公尺外的一个小礁岩，蹛一輾閣泅倒轉來。

　　海面風湧有一點仔大，冷風冷水溢過來，佇這種天氣剪湧泅水，愛閣拚速度，毋是普通人有法度的。

　　班長佮另外一个老兵駛塑膠船沿水面巡看。

　　經過五分鐘跤兜，老兵忽然大叫。

　　「報告班長，少了一個！」

　　啊，鐵枝心肝嚓一下，趕緊算看覓，果然賰六个。閣詳細認人，彼个大專兵無去矣！

代誌不妙，鐵枝用無線電緊急呼叫排長，派幾若个人揹
sàng-sòo（さんそ，氧氣）落去揣人。

烏陰烏陰的海底，揣人誠無容易。

二十外分鐘後，佇大約三百公尺的海底揣著人。四跤仆直
直，靠佇一簇海草頂頭，一隻海蛇仔踮邊仔漂咧漂咧。

人摸起來，規身軀已經變茄仔色矣！無落海的隊員攏總走倚
來，齊齊面色烏陰烏陰。

連長要緊命令送野戰病院急救，毋過逐家攏知影，這是一个
無做袂使，無作用的動作。

鐵枝終於得著一个特別假，嘛是三禮拜，不過佮石頭無全，
伊這擺是抱大專兵的骨頭炑回轉台灣。一个排長佮伊做伙，愛處
理前線陣亡士兵的身後事、家屬安搭種種的代誌。

7

東島的二九暝，駐軍 thōng 好的娛樂節目是啉酒。

毋過最近阿共的漁船仔定定規群佇四周圍轉踅，有時人閣會
偷偷跖上岸。指揮官誠煩惱規島的軍官士兵規暝啉甲天光，失去
警覺性，就下令逐个部隊攏愛安排「二九暝聯歡暗會」。尤其是
兩棲這種野性誠重，閣隨時會出重要任務的部隊。

這暝，石頭也轉來後頭，參加暗會的表演。佇一群紅色短褲
疊（thàh）綠色軍服的兩棲兄弟噗仔聲、噓仔（si-á）聲當中，石頭

佮鐵枝隨人彈一枝 gì-tà，合唱一首 Five Hundred Miles（離厝五百里），厚薄的歌聲混合了誠婿氣，這是個二十外多來初擺做伙唱歌表演。

過春節，一多十個月的外島兵役也誠緊就到矣，石頭、鐵枝同時接著退伍令。兩棲兄弟有送紀念品的，有辦唦酒送行的，連長這回 thōng 工夫，排一攤佇小吃部，酒菜規桌頂。

佇離開東島進前，石頭聯絡全款欲退伍的崑福仔做一件較早講好的代誌，將連長彼張烏白相片對歷史館的壁頂揭落來。

坐平底船回轉台灣這一工，碼頭邊的兵仔看著石頭佮鐵枝兩人幔做伙上船，真是全梯閣同鄉的好兄弟啊！

平底船出發矣，船身向東南直直駛起行，東島也對西北斜斜歪過去。

筆管十字架

府城中山路的天主教堂，歷史一百五十年矣！這陣四爿邊鬧熱滾滾，尤其隔壁台新銀行彼棟大樓，閣親像無敵鐵金剛，威風凜凜。

我逐擺若來中山路行踏，就會入來欣賞教堂的歷史氣味，看伊的蓮花池，佮嬌氣的花草。佇教堂內底，有時做彌撒、講經。閣有祈禱、懺悔、做見證。

參教堂相向，佇中山路另外這爿有一棟老厝，不時換頭家，最近開一間 coffee structure，咖啡構成，店名怪味怪味。伊的物件雖然無蓋高級，毋過誠是俗閣有局，一杯拿鐵咖啡才五十箍爾爾。我上愛坐佇口面亭仔跤的柴椅啉咖啡，看人群從來從去。

柴椅有兩組，我慣勢坐向火車頭。另外一組，時常有一个頭毛喙鬚目眉白的老阿伯，坐佇對面啉咖啡。阮兩个攏無食薰，純然是較愛坐口面吹自然風，無愛冷氣。我本底無足注

目伊，不而過有一工，伊徛起來行過頭前向教堂去，我雄雄予伊胸坎彼條被鍊吸引著。彼條被鍊頂頭的十字架，竟然毋是黃金，也毋是白金，而是用兩節細枝竹管鬥起來的。

　　遇著兩擺三擺，阮開始頕頭拍招呼矣！佇一个禮拜日的半晡仔，我就參伊開講，而且對彼條予人好奇的被鍊講起。

　　詳細看，十字架是一節小楷筆管穿過中楷筆管，紅色被線就像毛筆後尾的掛線。這个瘦抽瘦抽的老阿伯佇我面前坐落來，共我講一个早前八角寮仔吳常的故事。

大疏開

　　這是一个平地人、Siraya，佮一屑仔 Bunun 族濫雜的所在，山弓蕉、芋仔、竹筍、破布子滿四界。早前交通無利便，入來遮愛盤山過嶺，躍過三个溪谷躒過三个山洞，所以叫做三仙門，抑是三扇門。

　　1944 年大爆擊，美國飛行機轟炸台南，吳常的阿爸阿母對市內的桶盤淺請兩台牛車載物件，疏開來到這个所在。吳常佮小弟吳在、小妹吳麗攏坐佇柴櫥仔頂，對透早坐到暗頭仔才到位。半路歇睏，干焦食一條番薯佮一塊仔鹹魚爾爾。

　　阿爸共山內人買兩分外土地，佇懸懸的平台，起一落草厝仔，枝骨是竹管，壁堵用菅蓁編排閣抹牛屎塗，厝頂崁甘蔗箬 (hàh) 仔，落尾改茅 (hm̂) 仔草。因為對山頂看落來，恍恍一片八角形的草寮，附近的人攏叫伊八角寮仔。

　　吳常時常聽阿爸講起，阿祖是三崁店人，佇清朝時代做大官，土地誠濟，騎馬規半晡才巡會透。毋過阿公佇日本時代，迷著藝旦，開錢像開水。捌將大把銀票排佇眠床頂，查某褪光光輾過去，黏著的攏是伊的。按呢匪類，終其尾家伙去了了，兩手空空破病死矣。俗語講台灣人好無三代，就像咧講這款的。阿爸見擺提起這段，起先目睭發光，講甲嘴角起泡，落尾就頭殼犁犁兩手垂垂吐大氣矣！

　　吳常的阿爸本底佇桶盤淺做工，嘛捌去打狗夯貨，雖然有儉一點仔錢，毋過飼某飼囝，閣來遮買這塊地就開了了矣。

　　這个所在，大大細細的窟仔、山溪，有魚有蝦，樹林內閣有山豬、山兔、羌仔、果子狸走來走去，一家伙仔漸漸適應這種拍獵、掠魚、種作的生活。但是阿爸心內嘛是有向望，穩，穩無三代，一定會慢慢閣興旺起來。伊拚勢做工課，草厝中間向門口的佛祖是心靈上蓋大的倚靠。

　　這尊佛祖是阿祖留落來的。用牛樟刻的佛像穿袈裟（ka-se），半尺懸爾爾。頭殼光光，耳墜真長，目睭半瞌親像一直咧看相疊的手。伊坐佇尪架桌頂幾若十冬矣，對闊曠的紅木桌，徙來這塊用兩條鉛線掛佇牛屎壁的神明桌，邊仔閣攑一个神主牌仔，嘛敢若無意見，原在逐工恬恬看家己的手。不而過，伊的身軀愈來愈烏，頂頭的香油已經卡足厚，有誠重的香薰味。吳常一家伙仔攏毋知佛像的名，只是叫伊佛祖，逐工拜拜祈求佛祖保庇。

　　毋過一家口仔初初搬來遮，就有水土袂合的問題。彼陣可能

未適應食窟仔水，環境閣腌臢（a-tsa），大細漢攏生粒仔。小弟
吳在生佇尻脊骿彼粒誠大圈（khian），膿擠出來看著一個囡仔喙，
內底紅記記。藥粉藥膏攏糊無效，阿母逐工拜拜求保庇，嘛無較
好起來。落尾大發燒規禮拜，山跤的醫生叫袂來，煞身軀顫咧顫
咧曲去矣！阿母吼幾若工，阿爸較堅強，只是恬恬流目屎。

　　1945 年戰爭結束，吳常一家已經回袂轉去矣。因為原底的
厝起佇公有地頂頭，大爆擊炸了了，土地較早是日本政府的，這
馬屬國民黨政府管。雖然開墾種作的生活有較辛苦，橫直佇八角
寮慣勢慣勢，就日日仔過，繼續蹛落去。

三仙門哀歌

　　人生無常，這段安穩的生活過無偌久，就閣出代誌。一工暗
時吳常的阿爸轉來目頭憂憂，講這馬市內四界攏兵仔車，情勢緊
張，盡量蹛厝較安全。閣無偌久，有一個伯公仔的後生來借蹛。
二十外歲的少年家叫做明章仔，斯文閣緣投，聽講佇日本讀過大
學，毋知犯著啥物代誌，政府欲掠伊。平時吳常的阿爸阿母出去
做工課，就兩個囡仔佮伊佇厝。

　　「我日本有朋友，過一站仔會想辦法接我過去。」明章仔雖
然規面憂結結，講話猶閣充滿希望。彼時吳常十歲，小妹吳麗七
歲，聽著頭敧敧，對這個阿叔雖然無了解，攏感覺伊是一個好人。

　　有一個半暝，吳常跍起來放尿，就無看著做伙睏佇竹仔總鋪
的明章叔仔。伊有走去日本無，阿爸恬恬無講，逐家也誠緊就放

袂記得。不而過,不幸的代誌綴佇後面發生矣!

　　吳常印象誠深,這一工暗頭仔落霎霎仔雨,做伙去做工課的阿爸阿母,干焦一个人倒轉來。

　　「阿爸咧?」吳常頭殼 khián-khián,吳麗摸阿母的衫仔裾角一直問。

　　「伊臨時有重要代誌,去足遠的所在,愛誠久才會轉來。」阿母面色烏陰,目箍澹澹,紲落就恬恬去拜拜矣!

　　雖然阿母逐工拜佛祖,香一枝變三枝,變一把,一工拜一擺變三擺變暝日想著就拜。毋過佛祖攏恬恬,目睭半瞌無應伊。阿爸也一直攏無倒轉來。

　　八角寮仔佇荒郊野外,一个三十外歲的查某人,欲做粗重穡頭兼顧兩个細漢囡仔,真正硬篤。彼陣拄好有三崁店的親情想欲領養查某囡仔,就接受淡薄仔援助,共阿麗仔送予伊。

　　吳常十外歲仔就誠躼跤,身軀瘦抽。伊天庭飽滇,鼻樑 (lîng) 直閣厚,毋過目眉短節目睭細蕊,耳根嘛真料小。相命的講,富貴散赤歹分明,無定論。

　　母仔囝相依為命,吳常接阿爸的穡頭,拍筍掠魚種菜逐項來,有時嘛會去掠山兔,hē 山貓,呼 (khoo) 四跤仔。伊一直到十三歲才去讀山跤的分校,學生攏總二十外个,六个年級束做一班。不過讀三冬外就煞去矣,因為阿母的目睭愈來愈穤,未上四十歲就花花,山區跍起跍落無方便,吳常只好休學轉來全心作穡。

「阿母你香毋通點遐濟，蓬蓬块，對目睭毋好啦！」有一工吳常暗頭仔洗手面，看著阿母閣跪佇佛祖頭前一直拜，點一大把香，規厝間茫煙散霧。這陣吳常已經是十七歲的少年家，真早成熟，講話親像大人。

「戇囡仔咧，有燒香有保庇，這尊佛祖蔭咱吳家規百冬矣，心事生成愛共講。總有一工啊，好運會來咱兜呢。」阿母真堅持伊的信仰。

「毋過遐爾久矣，咱兜發生遮濟代誌，我看伊一直攏佯 (tènn) 恬恬……」吳常欲閣講落去，阿母就共 tsánn。

「囡仔人烏白講，按呢唸佛祖袂使得呢。」

阿母生做誠細漢，面圓圓目尾垂垂，講話慢慢，是一個隨和無啥意見的人，但是若講著佛祖，就變甲真堅定。佛祖是伊的靠山，尤其佇阿爸失蹤了後。

「山跤佛仙寺的師姑捌開示，咱吳家的祖先仔歹事做足濟呢，因果報應啊。咱愛較認真唸佛拜拜咧，有一工因果化解了，就會閣發達起來……」

吳常無閣應落，恬恬行向埕斗，煞無張持踢著戶橂險險吭跤翹，閣若像佛祖責罰。不過伊內心咧想，祖先做歹後代坐數 (tshē-siàu)，這是啥物道理？而且伊落去山跤店頭買物件的時陣，捌恍恍聽人咧會幾若冬前的代誌，敢若參二月二八彼工有關係。毋過伊行倚去，逐家就攏恬恬矣。吳常若想著這件事，心頭

就鬱悶，伊感覺這凡勢佮阿爸失蹤有關係。阿爸的代誌，人恬恬母敢講，佛祖也恬恬無出聲，連託夢都無，這哪有啥物天理？伊想甲厭氣，就行來坐佇埕斗倒爿的窟仔邊，提石頭擗水出氣。這窟水是掠魚撈蝦、摸蜊仔兼洗身軀的所在，連煮飯用水嘛是對遮來的。這種生活愛閣過偌久？伊一直咧想，一定愛想辦法趁錢，搬去山跤抑是市內。不而過，國校讀無幾冬，也無學啥物技術，欲按怎有翻身的機會？伊有時拜拜嘛會共佛祖問看欲按怎，毋過佛祖總是恬恬無出聲。伊工課做甲足忝閣趁無食，心情鬱卒的時陣，就自然會產生懷疑。

佛祖無保庇

　　吳常將近三十歲矣，才漸漸接觸外口的世界。

　　山內人種作生活，家己食拄拄好爾爾，哪有啥物錢通賰？想著阿爸疏開來遮，十外冬來嘛是破草厝一間。吳常心內一直想欲揣趁錢的門路。

　　彼當時台灣經濟小可仔咧起磅，伊佇山跤聽人講，向 (hiàng) 爿山的德仔賣掉山坪，搬去府城專做毛筆。彼陣戰後大量出世的囡仔攏咧讀國校初中矣，學校誠重書法課，毛筆市場嶄然仔大。伊用電鑽佇筆管頂頭寫字，抹油彩拭清氣鬥兔仔毛，才賣五箍銀，真受歡迎。

　　吳常坐客運去府城揣德仔。彼陣小東路細細條仔，毋過已經誠鬧熱，自動車 hù-hù 叫，oo-tóo-bái 一群若狗蟻，過馬路愛

等足久。雖然有青紅燈，誠濟人無咧插潲照常犁過。「連過路嘛愛相搶！」這是吳常對市內的體會。

德仔的小工場就佇路口的幹角仔，一片舊瓦厝楔踮兩爿樓仔的中央，遠遠看真顯目。做筆管需要闊曠的所在，這落厝雖然是破舊，猶算食市，接接客戶誠方便。

德仔看吳常少年人有想欲拍拚，也拄好有欠跤數，就留伊落來鬥做。吳常代先學曝竹仔，共在欉焦的箭竹抾出來，澹的留佇日頭跤曝。竹仔有花螺仔、素色的，曝了分大細箍，鬩過竹目，用機械切出筆管。

染色也是一門工夫。德仔生張圓閣矮，一箍槌槌，國校讀無畢業，毋過真有研究精神。伊用化學原料做誠濟實驗，染出幾若種文雅的色水，閣用細枝電鑽佇筆管頂頭刻幾字仔雅氣的行書，鑢過油彩拭清氣，就是一枝高貴的筆管矣！

生理愈來愈好，德仔另外試驗用牛角做筆管，開發懸價數的毛筆，銷去到台北。吳常巧骨巧骨，對做工到販賣，學冬外就熟手矣。不過心內定定想，只是一个小工，趁生活費爾爾，離翻身的目標猶閣足遠咧，逐時若轉去八角寮仔，阿母就叫伊拜拜，祈求佛祖保庇較緊出師家己做。

但是人生無常，吳常拄好揣著目標，想欲好好仔發展的時陣，就出代誌矣！

有一工騎 oo-tóo-bái 載一箱毛筆，對小東路欲去火車站頭前的成功路。因為誠大箱，佇後架懸過頭殼閣小可仔闊過肩

胖，伊眞細膩慢慢仔騎佇路邊。下班時間車輛特別濟，一台一台 hù-hù 叫捽過去。

雄雄有一台 oo-tóo-bái 捽過伊的紙箱一微微仔，敢若有捔著也敢若無。吳常身軀顫一下。

「Khėnnh……sà……」機車反（píng）過蹕塗跤的聲音佇後壁傳過來。

吳常驚一趒，趕緊蹌翻頭去看覓。

有兩个查某囡仔佮一台紅色光陽仔 50c.c 倒佇路中央，一个尻川頓掣掣咧跍起來，毋過另外一个，啊，蠟蹛塗跤喙角流血，跤手掣咧掣咧。

「穤矣！」吳常暗叫一聲，目睭前一片白茫茫，愣去幾若秒才回魂過來，要緊開車。

自用的一隻一隻駛過，無人欲停，等一睏仔久才有計程仔停倚來，吳常佮輕傷的做伙共彼个昏迷的攬上車，就近送陸軍八○四病院。

病院照Ｘ光，發現頭殼必痕，腦出血，佇病院兩工就宣佈無救矣！聽講是下班了姊妹仔趕欲轉去慶祝母親節，無疑悟發生事故，大姊突然間死亡，個老母佇病床邊哭甲死來昏去。

吳常佇看守所跍一暝，檢察官扣押彼箱毛筆，量紙箱闊度，講超出肩頭有公共危險。後來經過調查責任無大，雙方十萬箍和解，不起訴處分。彼時十萬箍較加伊兩冬的薪水。

賠償金是共德仔借的，吳常未曾趁錢就揹債，心情不止仔沉

重。「佛祖真正無保庇！」伊心內踅踅唸，感覺阿母遐爾仔骨力拜拜，攏是無彩工。

代誌過一站了後，吳常共德仔參詳，換轉去八角寮仔剉竹仔來賣。因為三仙門一帶據在拋荒的箭竹真濟，俗俗仔就貿（bāu）會著。吳常漸漸有趁著錢，一部份用來還債。

貿竹仔的工課做順序，阿母就開始佇佛祖頭前下願，趁較濟錢手頭較冗，就欲來起磚仔厝，設大間神明廳安大塊神明桌。

吳常貿竹仔過一段時間，對山區的情形愈來愈清楚。伊發覺有一寡無人管顧的竹林，是屬國有財產局的，拋荒佇遐任伊發任伊焦。趁錢的機會來矣！吳常開始相準這種竹林，起先是剉箭竹，落尾別種竹仔嘛剉，一車一車載去賣，無偌久真正趁大錢，會當共佛祖還願了。

有一个早起，阿母當咧拜拜，共佛祖報告，感謝伊的保庇，終於會當起磚仔厝，設大間神明廳矣！佛祖恬恬，慈悲的面腔佇白霧霧的香煙內面，目睭半瞌，神神看家己相疊的手揪。

「吳常有佇咧無？」忽然間外面有人大聲喝咻。

阿母行出去看，是管區的提法院的調單來。聽著是國有財產局告個囝偷剉竹仔，驚一个面攏青去。

因為證據充分，檢察官真緊就起訴，德仔足衰，也牽連著收買贓物罪。落尾，法官認為吳常無悔過的表示，判一冬袂使易科罰金。德仔不知情判緩刑。

「佛祖佮公媽攏無保庇，拜這有啥潲路用！」吳常真受氣，

唪茫茫摔椅摔桌，共佛像佮神主牌仔攏掃掃落來。

　阿母佇邊仔吐大氣流目屎，並無出手共擋。

相認

　吳常犯官符走法院當中，需要開錢請律師佮疏通，毋過人若愈散就愈無地借，真正走投無路。阿母想著較早分予人的查某囝阿麗仔，足久無相認矣，就想辦法去探聽。原來嫁佇市內幾若冬矣，個兜做大生理，徛佇中山路佮民族路角頭仔的大圳溝邊彼間五層樓仔。

　阿母抄著電話號碼，先去公所邊的電信局損電話。

　彼頭的阿麗仔已經改名阿雪，接著電話雄雄驚著，應無幾句就擤擤 (tshǹg-tshǹg)，講袂啥出聲。伊叫阿母過幾工仔才閣敲來。

　送人飼彼陣，阿麗仔吼甲目屎四淋垂，共阿母的大腿攬牢牢，硬擘硬掉才拆開，這陣凡勢猶閣誠怨嘆，無想欲參伊相認。唉，阿母想甲誠艱苦，頓規禮拜毋敢閣敲電話。毋過實在是走投無路，為著後生，嘛是愛閣試看覓。

　想袂到這回換阿雪先連絡山跤店頭家，寄話約時間佇厝等伊。

　十外冬無看著的阿雪仔，面圓輾輾，菱角喙笑起來佮阿母足全，毋過皮膚變誠白，有市內款。伊共阿母攬一下仔，才牽入去客廳。阿母擇頭看著偏片壁頂有大幅氣派的百駿圖。閣較顯目的，客廳中央掛一个頂頭釘一个人的十字架。

「這啥物神？哪會毋捌看過。」阿母頭敧敧，金金相。

「是耶穌啦！伊愛世間人，保護咱逐家。」阿雪仔文文仔笑，合手共耶穌敬禮。

「掛佇柴箍頂頭？這尊有較勢保庇？」

阿雪仔恬恬無應，倚來共阿母攬牢牢，目屎輾落來。

「我為這个代誌祈禱誠十工矣，祈禱當中有聽著耶穌的聲音，叫咱母仔囝愛相認。」

阿雪仔講一寡基督的道理，閣送阿母一本冊，面頂耶穌穿白色長衫，胸前一粒紅色發光的心。

母仔囝講誠濟較早的代誌。

阿雪仔提起中山路尾彼个民生綠園，是二二八事件湯德章予國民黨軍隊銃殺的所在。彼陣明章仔猶未逃過去日本就予人掠著矣，阿爸受牽連通緝，到今（tann）猶閣生死不明，講著這，母仔囝煞閣攬咧哭。

「咱愛為阿爸祈禱，若是猶閣活咧，希望伊較緊倒轉來。準講過身嘛祈求伊會當去天主的身邊。」阿雪那講那擤。

落尾阿母講出吳常犯官符的代誌。

「唉！」阿雪仔吐一个大氣，「趁錢要緊，嘛毋通去做非法的。」

阿雪掖一寡錢予伊，講：「家族仔雖然開藥廠，毋過阮翁無手頭，會當幫忙的嘛真有限，不過，我會為阿兄祈禱，希望會無代誌，抑是判較輕咧。」

吳常判刑了後，關佇小西跤 (Sió-sai-kha) 的台南監牢，阿雪仔逐時去。伊送阿兄一本聖經，鼓勵伊定定讀經，四常祈禱。

吳常雖然字捌無濟，沓沓讀嘛小可仔看有。彼陣監牢內有教化的學習，吳常選擇寫書法。誠濟人抄佛經，伊嫌彼傷深看無，就抄聖經。

另外，阿雪仔送予阿母彼本冊，伊母捌字，翻兩下仔就共囥入去屜仔底。

啉酒誤大事

吳常出獄了後，無想欲閣做筆管的生理，三想四想，想著一種特殊的行業。向時，中藥房流行一種藥材，「蟾酥」，解毒止疼真有效，有時也用來壯陽。佇彼个西醫無普遍的時代，這算是珍貴中藥。

製造蟾酥，愛抽蟾蜍的液 (sió)，土講「蟾蜍奶」，焦束了後像 tsioo-kóo-lè-tòo (チョコレート，巧克力)，風聲用著房事削削叫，一屑仔就賣幾若百箍。

吳常估計八角寮仔這个荒郊野外的平台，一甲外，會當飼幾若千隻的蟾蜍，做出來的蟾酥聽好趁一大注錢。

「蟾酥？我捌聽過耶穌，講較勢保庇。蟾蜍奶會有人欲買？奇怪呢……」

佇阿母半信半疑中間，吳常就進行落去矣。

無偌久，厝前厝後開始 la la la……叫袂停，半暝加上窟仔

邊的水雞 kók kók kók……親像超大型的合唱團演奏，予向片山的住戶莫名其妙睏袂去。

　　閣過一多，吳常真正做出一斤外的蟾酥，一片一片分幾若个塑膠袋仔，雖然看起來無偌濟，這是吳常暝日抽，蟾蜍暝日叫的精華啊！

　　吳常誠歡喜，用白雪雪的布巾仔小心包起來，囥袋仔內斜斜揹佇肩頭，顧牢牢，恐驚拍交落。伊落來山跤的店仔口坐客運，一路直透來到府城。

　　一斤蟾酥看起來無濟，毋過單一間藥房無欲總收，只好分幾若間賣。經過驗貨撨價數，舞弄甲日頭落山才全部賣出去，攏總較臨二十萬。吳常心情真輕鬆，將一只一只的新台票真細膩收入去袋仔內，原在揹斜斜，顧甲好勢好勢。伊順小西跤、府前路，欲閣轉來中山路的客運站，那呼嘘仔 (khoo-si-á) 那欣賞府城夜景。行過一間餐廳時陣，感覺腹肚有一點仔枵，心想，今仔日有趁大錢，會使來食餐廳兼啉兩杯仔，輕鬆一下，反正欲轉去八角寮仔的尾幫車猶閣早咧。

　　這是一間海產餐廳，內底排六七塊桌，有幾若桌的人客食飯啉酒兼喝拳，規間絞絞滾。吳常揣壁角的桌仔坐落來，家己一個食菜啉酒。伊的揹袋無放落來，直接徙來胸前顧牢牢。

　　無偌久，隔壁桌過來敬酒，三杯落喉，你兄我弟變甲熟似起來。市內人真正熱情！無像我佇庄跤死 ting-ting 無變步，紲落吳常就過去回敬，有來有去。食酒人誠分張，落尾兩桌敨做一桌，

繼續啉落去。

過一點鐘後，規桌頂桌跤攏 bì-lù 矸仔矣！吳常的酒量算是袂穩，毋過嘛袂堪得一杯一杯一直灌落去。伊的面紅絳絳，紅甲耳仔根，細細蕊的目睭愈來愈垂，開始品蟮酥趁大錢的代誌。一寡拄才熟似的朋友一个一杯共祝賀，吳常一矸啉完閣一矸。

「今仔日這攤我請！錢毋是問題，爽就好啦！」吳常茫茫開始展風神，逐家聽了歡喜，閣一个敬伊一杯。

紲落，別桌的人客聽著風聲，也攏來敬。吳常就一杯閣一杯……

「今仔日全部的人客攏我請！」吳常講話 gāi 唎 gāi 唎大聲喝，紲落閣再一堆人來敬酒矣。

這攤啉甲餐廳欲歇眠，賰吳常一人，落尾按怎轉去厝的，伊攏毋知。

隔轉工吳常睏甲中晝才起床，跤痠手軟頭殼愣愣。今仔日舊曆初一，阿母款一寡菜料佇廳前拜拜，日頭光對大門斜斜照入來眠床頭。

「阮囝趁大錢，會當起大間神明廳矣，感謝神明保庇……」

阿母話講袂煞，吳常手摸身軀，閣佇眠床邊相來相去。

「哎唷，我的錢咧？」

吳常驚一下酒氣全消，目睭展大蕊，跳起來四界揣，對大廳、門口埕、八角寮仔、三仙門的路一直揣出去。天頂日頭赤焱

焱，幾若欉斑芝花開甲紅記記，白雲直直飛。

伊想起昨暝佇餐廳啉酒的代誌，要緊閘計程仔趕去市內。

餐廳的頭家表示昨暝在場萬幾箍的酒桌錢攏吳常納的，其他就毋知矣！

叫警察，個講這款代誌欲查較難啦！

吳常轉來八角寮仔，規身軀汗、規腹肚氣，一入門就相準佛祖佮公媽的神主牌仔掃落去，「駛恁娘，攏無保庇！」

猶閣是揣神明出氣，阿母走過來共擋：

「夭壽囝仔，毋通烏白講啦！家己做無好，袂使怪神明啦！」

謝神的日子

吳常舞兩冬，為著一攤燒酒去了了，心情鬱卒。這擺伊跪咧共阿母懺悔，講一定欲好好做人，重新拍起。參詳了後，跋桮請示佛祖，就將八角寮仔兩甲外的土地攏總賣掉，一百外萬，用一寡還債務，另外去向卝山共人租一片土地，起一排鐵厝，重閣貿竹仔兼做筆管。這个所在箭竹規山坪，過十外公里迵去高雄彼卝的原住民部落，有閣較濟竹仔通好用。

這回佮原住民合作，材料供應無問題。伊佇溪谷邊的厝前搭棚仔，請工裁剪，專門生產筆管賣人做毛筆。

「拍斷手骨顛倒勇！」生理穩定落來，吳常定定按呢講。

這時陣，阿母歲頭五十外矣，目睭的毛病一直無好，聽講是

白內障需要開刀。毋過開刀愛開誠濟錢，閣無人照顧。爲著這，阿母逐時訴訴唸：「強欲四十矣，較緊娶娶咧啦，嘛較有人鬥相共。」

吳常講伊母是勢揀，是欲等趁大錢才來揣較好的對象。

伊租這片地大約八分，眞闊曠。因爲政府發展觀光，附近的部落沓沓仔鬧熱起來。毋過遮拋荒足久，雜草崁過路，地主想講俗俗仔租人當做幫忙管顧，就簡單寫一張字紙，一冬租兩千箍。

吳常佇遮兩三冬了後，將四箍輾轉整理甲清幽清幽，搭一排鐵厝比八角寮仔加誠四序，筆管的生理也愈來愈好。伊聽阿母的提醒，設大間佛廳，逐工拜拜，插眞濟香。

無疑悟，好事又是無常，有一工地主雄雄講欲收回土地家己用。

「姦！姦！看我整理好勢才欲來接收！」吳常佇酒桌頂提起這件懊惱的代誌，開始礐姦撟。

有較捌法律的人叫伊契約提來看覓。

「啊，這是無定期契約，拍官司你贏面較大！」

吳常聽酒友的話，就無插地主的通知，據在伊去告。落尾，果然吳常勝訴毋免搬，而且無起厝稅的問題。地主氣甲頭殼衝（tshìng）煙，咒讖這種人無好尾，會有報應。

得著大勝利，吳常敢若去占著八分地，攑香拜幾若拜。

「眞正有保庇！」敢若感謝，也親像咧褒嗦。

　　有一工吳常用下願謝神的名義大請桌，佇崎跤上帝公廟的大埕辦十二桌，慶祝生理順序兼官司大勝利。

　　人客有邀請的，嘛有家己來的，反正免紅包大請桌，歡喜就好。佇有時星光有時月明的埕斗，啉酒喝拳誠鬧熱，有幾若桌品迒矸仔，桌跤囥規箱 bì-lù。

　　「Bì-lù 仔爾爾，懸倒落低啦！」逐家盡量乾杯，燒酒啉迵海。

　　吳常啉甲醉茫茫，啉甲人客攏走矣，天頂月娘霧霧，變做兩个。

　　阿母佮辦桌的當咧款菜尾，點空酒矸仔。吳常講欲先轉去睏，迒上 oo-tóo-bái，khngh-khngh 叫，一下仔就衝出去。

失蹤

　　阿母轉去到厝內已經十一點外，倒一寡菜尾落烏狗 Phú-looh 的盆仔內，簡單洗手面就去睏矣。

　　隔轉工，等到中晝十二點，猶無看吳常起床。有做筆管的工人要緊欲揣頭家問規格寸尺的代誌。阿母挵門無人開，發現吳常無佇內底。

　　阿母佇頭前庭收拾了，揣無吳常，心內想講是佮你兄我弟去紲攤矣。

　　「敢會昨暝閣去揣人紲攤？唉，這个囡仔某毋緊娶娶咧，酒

啉落就 lōng-liú-lian 遛遛去，誠害！」阿母踅踅唸一下仔，叫工人工課暫且下咧，先去曝竹仔。

毋過，到甲日頭落山矣，猶是無看吳常轉來，阿母開始著急矣！伊走去電信代辦處敲電話。吳常的酒友一个一个問，攏講昨暝煞桌離開了，就無看著矣。

阿母大緊張，較緊斡去揣村長伯仔，做伙去派出所報案。

吳常失蹤矣！佇山區部落這是大代誌，毋但警察、消防、義消義警攏出動，八角寮仔、三仙門附近的查埔人也攏動員起來，山頂山跤，樹林溪谷四界搜揣。有的用手提放送頭，有的展出大嚨喉空，喝甲鳥隻飛出樹林，山兔硞硞傱。

不而過，揣兩暝兩日，就是無看著吳常的影跡，連 oo-tóo-bái 也做一下失蹤去矣！

「欲按怎較好？是欲按怎較好？」阿母蹈落塗跤大聲吼出來。

過一下仔，伊想著尪架桌頂的佛祖佮公媽，就蹈起來，插三枝香請保庇要緊揣著人，也保庇吳常平安無代誌。

隔轉工猶是揣無。

對上帝公廟到吳常的厝較臨三公里，雖然無遠，毋過彎彎斡斡，起起落落，有九空橋，也有幌頭崎。路邊的山坪有的較平坦，有的卻是深落十外公尺，頂頭的刺竹仔林、破布子仔、硬桃葉、雜草雜樹茂 sà-sà，內底有無人所到的洞空，也有山兔、山羌、鯪鯉（lâ-lí）各種小動物。較危險的是青竹絲。

　　照講這條路，吳常路草誠熟，閣目睭瞇瞇都會曉行，準講啉酒醉頭殼愣愣嘛應該會摸轉去。為怎樣按呢，無講無呾消失去？

　　三仙門的人議論紛紛，有人開始想對 mǹg-sǹg--ê 去。

　　「敢會予魔神仔牽去？舊年向片山的溪谷邊，就有人去掠魚仔一禮拜無轉來，原來是予魔神仔摸去蹛佇一个蛇洞。聽講有一群龜殼花顧牢咧，閣會咬物件來予食。稽考結果，原來是彼个掠魚的，個厝服侍的上帝公，派跤底的龜佮蛇來保護。」幌頭崎跤的銀欉伯仔跔佇大使公廟頭前的榕仔跤，共幾若个拄拍筍仔轉來的人講故事，伊是這陣老歲仔中間上有智識，也是耳風上透，知影三仙門大細項傳說的人。

　　「若按呢，吳常應該會無代誌，個厝服侍佛祖，而且對上帝公廟嘛有咧寄付。上帝公凡勢毋但派龜蛇，閣會親身出馬共解救。」九空橋頭的阿林伯仔手抓頭殼，目睭眨眨瞤。

　　「這就無一定。」銀欉伯仔欶一喙薰，吭兩聲。「吳常雖然有認真拜神明，毋過伊道德無蓋好，比如共人占彼塊地的代誌，知影的人攏講伊有較雄。這種事上帝公敢會毋知？」

　　一群人十喙九貓，當會（huē）甲熱怫怫（jiát-phut-phut），吳常的阿母遠遠，手捾一堆金紙、牲禮行過來，大使公掉出來的童乩亮仔綴佇後面，身軀酒味誠重，可能透早就啉落去矣。

　　大使公廟雖然無大間，卻是佇吳常的厝佮上帝公廟的半途，吳常的阿母想甲無步，就想欲來請示大使公爺。

　　童乩亮仔無偌久就發起來，伊跤踏七星步，喙唸七字仔，代

替神明講話。大使公的意思是，吳常失蹤的所在，前後攏有土地公廟，兩个土地公管理的所在誠濟相疊，造成無明的地界。所以愛兩爿的土地公攏去參拜，拜託個暫且共混沌的山氣掰予開，吳常的位置自然顯出來。

　　吳常的阿母要緊款四果三牲去拜兩爿的土地公。毋過，原在揣無吳常的影跡。搜救的人喝甲梢聲矣，也腰痠跤疼，愈來愈無力。第四工過去，有人想欲放棄矣。

　　紲落阿母換去請示上帝公，是這附近上大間的廟。上帝公的童乩清仔無食酒，毋過發甲佇塗跤輾，跍起來，一睏仔報四个地點。搜救隊照指示，一位一位去揣，原在無下落。第五工閣過去矣！

揹貼的坑洞

　　這一暝，吳常啉甲過磅矣！

　　伊共阿母款的部份荼尾清彩擲落 oo-tóo-bái 的車斗內底，hù-hù 叫，順彎彎斡斡的山路，想欲較緊轉來睏。沿路的相思仔、刺竹仔林，予光顯顯的月色焲甲反光，樹林內的烏影閣敢若一直絞滾起來。

　　伊經過九空橋，踅過幌頭崎，閣一半路就到厝矣！遠遠的路草變直線，路面反光。

　　路哪會遮爾仔直？吳常起憢疑，毋過目睭眵眵（tshuh-tshuh），頭殼愣愣，想講公所這站的效率誠是不止仔懸，頂個月才反映的

路草，這陣做甲遮四序。莫管退濟，明仔載閣一堆工課愛做，要緊轉來睏才著。

吳常心頭掠予定，125c.c 的 Kha-uá-sá-khih（Kawasaki，川崎）閣再大力催落去，khngh khngh……

雄雄，規台 oo-tóo-bái 親像騰雲駕霧，騎對山谷彼爿去！

因爲月光佮暗霧，造成親像道路的錯覺，順這條路，吳常騎落地獄矣！

就按呢，oo-tóo-bái 佮人佇空中拋幾若輾，扞著山壁，閣滒著樹枝，落尾跋落一个烏權權、三十外尺深的坑洞內底。

吳常昏去一下仔，精神起來時，規身軀虛 leh-leh。頭殼、手骨、跤骨、胸坎，逐跡攏澹澹，摸看覓鼻看覓，有血的感覺。伊的正跤拗斷矣，腰也疼甲欲死，誠歹徙振動。

「救人喔！救人喔！」吳常瞪規身軀力喝幾若聲，雄雄一群夜婆飛出來。外口反應的是四跤仔、蟾蜍的聲。吳常的胸坎直直疼起來，袂堪得閣喝落去。

四箍輾轉暗趖趖，干焦有一微仔月光順茂 sà-sà 的樹葉仔縫炤入來。吳常影著一屑仔水的反光，正爿親像是細的塌窟仔。另外一爿反光，煞有汽油味。吳常拄欲點 lài-tah 食薰，順紲炤光。雄雄掣一趒，緊收起來。

一陣冷風毋知對佗吹來，吳常起交懍恂，開始驚惶。這个坑洞不止仔深，伊這馬跋跤定著蹈袂起去。搜救的人敢知影擛對遮來？想著聽過一寡佇山內失蹤、枵死寒死的故事，吳常頭殼楞楞

踅（gông-gông-sèh），敢若已經身佇地府矣！

　　毋知睏偌久，一逝強烈的日光對樹縫炤落來，正正射著吳常的面。應該是中晝矣！坑洞有淡薄仔光線，吳常勉強坐起來，開始觀察四箍圍仔的狀況。

　　這是一个岩石佮塗壁相敆的坑洞，有幾若窟水，看起來坐清矣，內底有細尾大肚魚仔。壁角全是羊齒蕨，壁頂一堆螟蛉。閣看向一个塌落的石頭縫，夭壽矣，有一尾蛇像草索仔睏佇遐。吳常身軀徙較遠咧，閣詳細看，好佳哉是無毒的臭腥母。

　　吳常看向頂頭，二三十尺的坑洞直溜溜，像斷崖的崎度，閣勇健健的人嘛踮袂出去，何況伊規身軀傷，連欲行徙都有困難。定著愛等人來救矣！

　　搜救人員愛偌久才會揣著伊？坑洞頂頭茂 sà-sà 的樹葉、野草，閣牽甲誠濟蜘蛛絲。一欉刺竹仔佇軟塗崩落來，橫橫礙佇樹枝頂面。若是三工四工甚至一禮拜無揣著，伊毋是枵死就是寒死，加上身軀的傷，嘛有可能病死。

　　「唉，奮鬥十外冬，終其尾是按呢！佛祖無保庇，連上帝公也欲凌治！」吳常用拳頭拇舂石頭，一群夜婆閣飛起來，這回飛向出口去。

　　毋過，講歹運，也有好運的所在。彼台 Kha-uá-sá-khih，歪膏揤斜攲佇壁邊，車斗仔開一半。吳常忽然間想著，昨暝欲轉來的時，阿母若像有囥一寡菜尾佇內底。

伊半爬半控 (khàng)，來到 oo-tóo-bái 邊。掀開車蓋，輾出菜尾，包括一包湯，四包焦料。焦料較袂歹，儉儉仔食，聽好擋一禮拜。

祈禱的聲音

佇坑洞內底的吳常，已經兩工矣。食一點仔大封豬肉、筍乾、豬肚湯。大小便就地處理。

伊日時斟酌聽外口的動靜，早起機車經過 kǹg-kǹg 叫，要緊大聲喝咻。感覺大路無離蓋遠，毋過身體衰微，聲音欲跳出深坑傳去大路，誠無可能。伊想著阿母一定煩惱四界從，暝日啼哭。二三十多來，母仔囝相依為命，認真拍拚，度過驚惶行過坎坷的人生，終其尾，可能死路一條。吳常想甲目屎垂落來。

第三工。吳常親像聽著外面有大聲公的叫聲，草仔振動的聲，由遠到近，近閣遠去。伊瞪規身軀力喝兩三聲，胸坎疼甲擋袂牢，傷口煏 (piak) 開，血水流出來。想著點火衝煙，毋過汽油味一直散袂出去，猶閣膽膽 (tám-tám)。

第四工矣，菜尾賰兩袋，毋敢食傷濟，窮實也已經有臭酸味矣。淺窟仔的水有透濫著汽油，只好嘛淡薄仔臭酸的豬肚湯止喙焦。傷口愈來愈疼，元氣愈來愈失，外套薄薄仔閣裂一空，半暝寒 gih-gih，閣過幾工仔，有可能死死昏昏去。

阿母四界問神明跋桮，個的指示攏照做，嘛是無下落。伊閣再問厝內的佛祖，佛祖應桮講吳常死亡矣，阿母哭甲死來昏去。

母相信閣去山跤王爺廟拜拜，抽著中平籤：「南方世界罩雺霧，等待中秋出明珠。」敢若閣有希望，不而過中秋閣一個外月，若有危急，早就無救矣！

佇府城的阿雪仔，參阿母全款煩惱甲袂食袂睏。伊逐時來關心，也捌參搜救隊做伙揣。伊也逐工祈禱，佇家己厝，佇阿母遐，佇教堂拜託教友做伙祈求：「慈愛的天爸 (thinn-pē) 啊！吳常失蹤幾若工矣，阮佇遐攑頭看你，向望你伸出慈愛的手，引導保護伊，賜予伊勇氣佮希望，並且予救援人士較緊揣著伊，予伊早日參親人團圓。奉主耶穌基督之名祈求，阿門！」

到甲第七工，吳常規身軀發燒，有時醒有時昏迷。伊看著彼隻臭腥母誠大尾，佇遐逐四跤仔，若掠來刣，有肉閣有血。母過這馬伊軟莎莎，無氣力矣！

這工的中晝，雄雄聽著霆雷公，害矣，敢會欲落雨？雨若落大，這个坑洞就滿起來，就澈底無望矣！吳常誠絕望，身軀倒直直跤手伸開開，目睭眍眍，敢若等死的姿勢。

奇蹟

佇三仙門外沿的鹿仔寮，有一个水雞茂仔，足勢呼四跤仔，呼甲牢名。有一站，伊發現三仙門一帶有足濟鵪鶉 (ian-tshun) 仔，比四跤仔較好價，就改途專掠鵪鶉仔。過兩冬外，掠甲差不多，連卵嘛足歹揣著矣，又閣回轉來呼四跤仔。

這个下晡，烏陰烏陰，伊對坑谷彼片巡過來，那呼那掠，已

經有半籠較加矣。伊後壁綴一隻烏狗，看著四跤會吠，影著其他小動物也會逐。不而過，準講四界趖，總是共水雞茂仔綴牢牢。

水雞茂仔來迴過一片相思仔，順一逝小山溝巡過來，伊掠久矣，知影啥物所在較濟四跤仔。伊看天頂烏雲猶無講足厚，想講閣掠一寡仔才來轉，反正伊褲頭有縛一領雨衣。

烏狗無張無持，影著一隻山兔，越頭就逐過去。山兔著生驚，半跳半走軁對茂 sà-sà 的野草入去，野草頂頭有一堆鹿仔樹，閣有一欉倒落來的刺竹仔。另外一欉倒無全方向的，雙頭拄好架（khuè）佇兩粒大石頭頂頭。

烏狗看山兔覕入刺竹佮鹿仔樹內面，白雪雪的兔仔毛佇闊縫顯出來，一時生狂大力躘入去，兩肢跤爪伸長長，想講掠著矣！若掠著山兔比四跤閣較好。

想袂到，雄雄四跤捎無靠身，一聲落對坑洞落去。

烏狗喈喈叫（kainn-kainn-kiò），半昏迷的吳常驚一下精神起來。

水雞茂仔隨就抑倚來看。

夭壽咧，一空烏櫳櫳。伊佇遮附近掠鵪鶉仔，呼四跤仔十外年矣，從來無發現這个坑洞。伊直直叫伊的烏狗：「旺旺！旺旺！」旺旺拍算驚著，閣兼閃著腰，愈喈愈生狂。

水雞茂仔勻聊仔仆落去看。夭壽夭壽，有一个人倒向向（tó-hiànn-hiànn），敢若死矣，也敢若小可咧振動。較緊，伊半行半走半跪來到大路邊，拄好一台鐵牛仔駛過來，載伊去派出所報案。

　　警消義消民防十外个人，誠緊就集合倚來，來到洞空邊。個合齊共刺竹仔欉偃起來，閣共鹿仔樹、血桐、姑婆芋，一堆大人懸的草仔攏到掉剷掉，一个較臨八仙桌兩倍大的洞空顯出來矣！

　　吳常、烏狗旺旺、oo-tóo-bái 攏用麻索吊起來。

　　吳常身軀吊到空口時陣，突然雷公爍爁，一道光焻佇伊頭前。伊目睭略略仔裼開，一欉偃直起來的刺竹仔，架佇另外一欉坦橫的頂面，宛然一座光顯顯的十字架。

大團圓

　　一條命救倒轉來矣！吳常漸漸復原，想著佇坑洞內的絕望，想著彼時陣死死昏昏去，大雨也連鞭到，驚險萬分的中間，竟然救兵及時到位。伊的命是抾轉來的。

　　蹛院的中間，吳常若目睭裼金，上濟出現的是佇雷公爍爁中間，光顯顯的竹管十字架。伊徛騰騰，枝葉閣親像咧攄手，親像救星。

　　伊閣想著較早，阿雪送的彼本冊一直擲佇屜仔底，冊皮頂有畫一个大大的發光的十字架。

　　無偌久，蹛佇民族路的阿雪仔翁仔某揹一籃柑仔來探病。聽著竹管十字架的描述，阿雪仔感覺是一个異象，就雙手合掌。

　　「啊，感謝天主保庇！幾若多來，我一直為阿母阿兄祈禱，天主攏有聽著。佇阿兄落難，叫天天袂應，叫地地無聽的時陣，

我一直祈禱，兼合教友眾人的力量祈禱，天主也攏有聽著。」伊紲落對皮包內底提一本聖經予阿兄，講天主顯聖來救你，以後愛較捷讀聖經咧，嘛愛上教堂。

吳常捀聖經隨意掀看覓，扲好停佇其中一頁，看著這段：

「家己耕作土地的，一定時常得著飽足。追求虛華的，必然遭受散赤艱苦。」（箴言 28：19）

阿雪仔講，天主的意思是跤踏實地認真做工課的人，一定會得著伊的疼愛。伊閣翻過箴言 3：5，讀予阿兄聽：「你愛全心仰賴上主，毋通倚靠家己的聰明。」

吳常目箍紅紅，想起過去拚命欲趁錢，定定行對歪路去，失敗時陣閣一直怪佛祖怪公媽，攏無咧檢討家己。

吳常身體復原了後，若像變一个人，認真讀聖經、祈禱，嘛會去教堂參加彌撒。伊將彼片土地還予地主，攏無要求地上物補償，紲落佮阿母搬去府城稅（suè）厝，日時毛筆店上班，暗時讀補校。伊佇冊桌仔頭前的壁頂掛一个筆管做的十字架，而且勤練毛筆字。

落尾伊佇火車頭附近開筆莊，賣書法用具、用紙、字帖，生理袂穲。伊愛啉酒的歹習慣改掉矣，伊的書法佇府城漸漸有名氣，有一寡人懸價收藏。

想袂到世事原在無常，有一工發生一个閣較意料袂到的代誌。毋過，這擺是好事。吳常的阿爸雄雄轉來矣！

這是祈禱的應效啊，三个人攬做伙一直哭。

原來阿爸被通緝兩多外就予人掠著，送去火燒島關十外冬，紲落閣轉去金門馬祖拍坑道成 (tsiânn) 十多，六十外歲爾爾，已經身軀曲痀，頭毛白雪雪，規面皺襞襞 (jiâu-phé-phé) 矣！因為八角寮仔無門牌，落尾閣搬厝，阿爸的家書也寄袂到，煞失去聯絡。轉來了後探聽足久才閣揣著。

真是天主保佑啊！一家總算團圓，生活也漸漸穩定落來，吳常娶一个阿雪仔介紹的府城姑娘做家後，生一對古錐的囡仔。阿母的白內障去手術好勢，阿爸的身體也慢慢勇起來。個鬥顧店毛孫仔，嘛時常做伙去教堂。

若有人問：「你的佛祖咧？」

吳常就微微仔笑講：「照民俗例，用紅布仔對目睭縛起來，恬恬囥佇箱仔內矣！」

伊認為，世事無常，只有天主是常在的。較早定定有人勸伊改名改運，伊攏共應講佮「無常」全音是外省話，這馬更加證明彼佮命運無干礙。

「凡是有勞苦重擔的人攏來我遮，我就予恁安息。」伊定唸瑪竇福音 11：28 予人聽。

話尾

「我已經八十外歲矣！」

「這是一个幾若十多前的代誌，雖然年久月深，伊佇我的腦

海中化做一隻船靠岸的情景，像一幅美麗的圖畫，配一首優雅的詩。」

　　老阿伯講完，摸一下胸前的筆管十字架，慢慢徛起來，跤頭趺敢若袂啥接力（tsih-la̍t），毋過真堅定一伐一伐向中山路的天主堂行去。

極短篇

福州伯仔

民國六十幾年，拄才退伍揣無好頭路，暫時佇一个社會福利機構做雇員。

小鎮的人口較臨三萬人，大街路闊度無上五公尺，小巷更加免講。佇這个人少車少的所在，十字路口這間辦公廳，雖然四十坪土地中央起兩樓爾爾，已經算是真豪華。尤其四箍輾轉彼數十欉超過八十冬、枝骨矮頓粗大的七里香，到開花期一片白雪雪芳貢貢，閣親像富貴人家的花園。聽講有一站逐家咧痟盆栽，這種老欉七里香一盆喝甲幾若萬箍。

這个社會福利單位強調「清廉」、「奉獻」、「信任」，主要工課是募款佮救濟，事務無濟但是真雜，平時職員隨人無閒，只是半晡仔四點外會閬二十分鐘啉一泡茶，小可開講一下。

一直到一个福州阿伯來上班，辦公廳開始有趣味起來，話題也加真濟。

　　福州伯仔瘦卑巴（sán-pi-pa）行路酥腰，毋過下斗攑懸懸，目
睭金爍爍，耳空搙利利，親像一隻相著弓蕉隨時準備欲倚去搶的
猴山仔。阮看著伊的形體就想欲笑出來。

　　毋但伊的外表，伊的加入也予阮有足濟閒仔話。譬如上班第
二工，有人問伊按怎得著這个頭路，伊就用台語講：

　　「我某仔囝攏佇大陸，一雙跤挾兩粒羼脬綴國民政府來遮認
眞拍拚，建設三民主義的復興基地，無功勞嘛有苦勞，共我照顧
一下嘛當該然！」

　　伊講話 ngiauh-ngiauh 叫，福州腔眞重，阮認眞聽恍恍聽
有，只是講著羼……啥物的時陣，走音傷嚴重，逐家聽甲哈哈大
笑。

　　無偌久，福州伯仔就現出伊的本性（伊講是美德）——「勤
儉」。

　　逐下晡啉茶的時間到矣，伊就攑一枝中範的沖仔罐訪問四个
課室，討茶葉。趒一輾了後，茶鈷就八分滇，拈一寡園塑膠袋仔，
沖水落去，茶葉閣會膨甲溢佇桌面。聽講按呢予拄一個月，除了
啉去的，賰落來的竟然有半斤。

　　逐个下暗，伊一定騎五分鐘的鐵馬，來辦公廳大小便。伊講：
「響應政府提倡節約能源啦！阮兜愛省水。」

　　伊擔任總務採購（kòo），辦公廳一堆表格用紙，一擺攏印兩
萬張左右，誠奇怪，一個月就用完矣，伊就閣請印。閣較奇怪，
一暝就印出來矣。彼暝，聽講有人看著伊的鐵馬大後架載物件，

來來回回十外逝。

有一擺我去荣市仔買便當，聽頭家咧訕：

「恁娘咧，彼个講話 ngiauh-ngiauh 叫的，一粒便當五十爾爾也欲抽五箍！」

這有的無的攏變成阮啉茶配話的材料，毋過伊若像攏無聽著，照常逐下晡微微仔笑，提沖仔罐來討茶葉。

●

有一个禮拜一早起，員工來上班時陣，啊，四箍輾轉的七里香咧？哪會除甲無半欉，換一片一片拄好種落的韓國草？福州伯仔牽 hòo-sù（ホース，水管）佇退沃水，伊大聲喝：

「響應政府環境清潔週，按呢較無蚊蟲啦！」伊原在講話 ngiauh-ngiauh 叫，笑微微。

有人敲電話報告猶佇厝的主任要緊來看，代誌大條矣！

這個福建同鄉的主任叫伊入去講話，門關咧講一點外鐘。伊出來原在笑微微。毋過，過無幾工就離職矣。辦公室泡茶時間閣回復恬靜。

●

兩冬了後，聽講福州伯仔著癌症尾期，性命閣無偌久。同事一場，逐家無計較就相招去共看。

佇巷仔內的瓦厝，門窗攏遛皮遛皮。真簡單的一房一廳一个

灶跤，福州伯仔臙佇厝內的枋床頂吐大氣。伊怨嘆一世人勤儉粒
積一堆錢，欲死攏紮袂去。

　　眾人咧共安慰的中間，伊的契查某囝對廚房捀一大盤好料的
過來。一片一片敢若紅燒的肉乾，芳貢貢，兼有七里香的氣味。

　　福州伯仔看著真歡喜，雄雄蹦起來，倒手一塊窒落喉，正手
閣提一塊。是啥物好物？連欲死的人也食甲窣窣叫！

　　我真好奇踏倚去看覓，俺娘喂呀，肉乾頂頭閣有留一撇喙鬚
的孫中山咧微微仔笑！

●

　　福州伯仔無偌久就過身矣。入木的時陣，倒手一疊孫中山，
正手一本《三民主義》，誠滿意，笑微微。

歹星仔

日頭射落大佛額頭的時，定定看著一个頭毛喙鬚白，唐裝闊閬閬的老阿伯。伊的毛跤誠低，目睭三角形閣垂垂。瘦抽的身軀堅定坐佇大佛頭前的草坪，有時瞇瞇眵眵唸，有時神神予風吹。

這是有名的八卦山風景區，遊客真濟，假日更是窒窒滇，佪挨挨陣陣，佇天空步道來回，閣踅大佛周圍踅，就是袂特別注意這个老阿伯。一年來工作的關係，時常佇這附近出出入入，有一日我總算擋袂牢行倚去，原來是唸佛經，並無失智。伊講出一段過去的代誌。

佇社頭倚山彼爿的蕭家，彼年新婦一胎生三个查埔嬰，庄仔內的人攏講這是三粒星。佪聽相命的話，共囝號做蕭福、蕭祿、蕭壽。向望福祿壽全歸。

大漢了後，蕭福作穡，蕭祿做襪仔，蕭壽做公務人員。三粒星干焦蕭

壽攑筆的，庄內人閣講，這粒星有較光。

母過仙想就想袂到，原來這粒是歹囝閣勢作怪。

這个蕭壽名聲公務人員，卻是檳榔薰酒筊查某逐項來，繼承的幾分田無偌久賣了了。月給幾千箍爾爾，哪會堪得匼類。

不過伊的客情非常好，騎一台碌硞馬仔，佇田庄小路看著人就微微仔笑拍招呼，遠遠就抹薰過來，閣兼點火講好話：

「Oo-jí-sáng 喔，你額頭發光氣色真好，今年一定大發財啦！」

所以庄社攏講伊雖然放蕩，母過做人真好。

過無偌久，蕭壽開始借錢矣。伊佇山區的一个鄉公所做村幹事，共同事借三百五百母捌還，紲落佇路裡就共熟似人借，有的扶才熟似十分鐘爾爾。按呢借一站了後，就規內底規庄頭規鄉借了了，落尾無人欲借伊矣。

蕭壽照常騎碌硞馬仔，看著人就微微仔笑。

有一日，同事佮鄉親攏接著伊的喜帖。

「蕭壽欲娶某囉！」逐家真意外，是啥物款的姑娘欲嫁伊。不過，娶某了會較安份乎！

伊放帖仔的時陣，攏共人講欠某本，拜託紅包先予伊。伊閣隨身準備紅包袋仔予人方便。

結婚彼暝，逐家挨挨陣陣欲去看新娘。想袂到，伊的大門關咧貼一張紅紙，「逐家恭喜」，親像咧過年。

　　請七日婚假三日後就來上班矣，照常笑微微足好禮。毋過從此以後，逐家看伊遠遠行來就緊閃，伊連一百箍就無地借。

　　過一站仔，蕭壽就調中興新村矣。彼陣省府單位真濟，無人知影伊的底系（té-hē）。因為頷頸真軟喙真甜，科長將一寡需要調解的代誌交代伊。

　　人講江山易移本性難改，真緊就閣內內外外借了了矣！科長真受氣，命令伊看欲請調或是辦退職。

　　這擺真正走投無路，伊憂頭結面，笑袂出來矣！

　　無偌久，蕭壽請病假十日。診斷證明寫：「憂鬱症，有幻想現象。」

　　毋過佇這个中間，逐家煞雄雄接著訃音。

　　「蕭壽，因病去逝，享年四十四……」
　　「未辦告別式，勿送花圈花籃。」
　　「奠儀請寄○○郵政信箱 55 號」
　　「治喪委員會敬上」

　　同事攏驚一趒，「莫非是自殺，唉，哪會按呢？」
　　怨生無怨死，逐家要緊寄白包去。
　　無疑悟無偌久，蕭壽雄雄出現，閣來上班矣！這擺確實驚死人！佇一個月內，伊的職務代理人竟然莫名其妙死去，閣來，科

長開始破病請長期假，逐家攏講予這个夭壽蕭壽煞著啦！不過，伊顛到是好勢好勢閣開始微微仔笑，足好禮。

　　「眞正是歹星仔！」雖然五十年前的代誌矣，社頭地方老輩若講著這个人，猶原會搖頭兼苦笑。

兇狂雨

我逐禮拜去湖邊散步。

這个美麗的湖，原本是水利會的圳埤，經過縣政府開發，種眞濟樹木花草。熱天一到，鳳凰樹、火焰木、阿勃勒發甲規湖邊，鬧熱滾滾。

拜二下晡三點半我閣來散步。這个時間湖邊較稀微，干焦有休假的、無頭路的、退休人員會來遮。

當我行百外公尺來到枋仔橋的時陣，有一對情人模樣的生生狂狂傱過來。查某人三十出頭款，瓜子面紅喙唇頭毛卷卷像小湧，露出事業線的胸前彼條被鍊，墜仔金爍爍照著誠顯目，看起來應該是璇仔。毋過更加引人注意的，是伊彼个前噗後噗兼用紅洋裝束出來的葫蘆腰。

綴佇後面的中年人，看起來應該四十外矣。面圓圓目睭細細蕊，穿新的雨傘牌T恤，想欲激少年款，只是串仔肚小可噗噗掩崁袂牢。

「小咪小咪……」葫蘆腰的美女大細聲喝，目睭尾倒爿正爿捽來捽

去。

烏魚肚的查埔人目頭憂憂看著眞緊張。

「先生，有看著貴賓無？」

「啥物賓？」

「貴賓啊，貴賓狗啦……」葫蘆腰的比手畫刀，閣看一下伊五彩的指甲。

伊的聲音尖尖帶有芳水味，敢若一蕊欲吼欲吼的進口百合花。

我擽手共講：「無看著呢！」

「好啦好啦，你共小咪顧甲無去！今仔日若揣無咱就扯（tshé）啦！」葫蘆腰的誠受氣，一直行一直去。

彼个串仔肚的向我頷頭，露出一種神祕的微笑，我感覺伊強欲擽手比耶（yeah）的款勢。

●

我繼續散步。行過桂花林的時陣，雄雄一隻貴賓狗傱出來。

伊掛耳鉤結 tsiú-tsiú 白雪雪嬌嚅嚅，佇人行步道傱來傱去，親像咧揣無主人。

「小咪！」我跔落來共擽手兼呼噓仔，毋過可能我的衫眞舊式聲也傷粗，伊停落來小可仔看一下就走向枋仔橋去，紲落就佇桂花林佮枋仔橋中間用比賽百米的速度走過來走過去。

可憐啊！我煞無心情散步落去，回頭就向枋仔橋行，行眞

緊，按算去走揣伊的主人。

我衝到出口停車場的所在，已經慢一跤步！

彼个串仔魚肚的拄好開伊的豐田 Camry 進口車離開。葫蘆腰的叫計程車，車門大力硞一下，嘛走矣。

「恁的小咪，我有看著恁的小咪啊……」我喝甲梢聲，個攏無越頭。

●

回頭閣轉去桂花林揣小咪，想袂到也無看著矣！

我傱來傱去規身軀汗，心情真穩，只好閣再回頭向出口轉去，結束今仔日的散步。

佇停車場，有一隻 Benz 停落來我的車邊。

落車的是葫蘆腰的佮一個五十出頭的 oo-jí-sáng，伊的面比串仔魚肚的閣較圓，額頭也較禿，腹肚嘛較膨。

葫蘆腰的一直看伊彼跤手指，金光閃閃的白璇仔，看起來三克拉以上的款，真鑿目。

「我看著你的小咪啦……」我誠歡喜揣著小咪的主人。

「啊……看著鬼矣！」葫蘆腰的擛頭就罵，「痟的！痟的！」

伊挽 oo-jí-sáng 的手行向另外一个入口，尻川斗搖咧搖咧一直去。

天烏一爿的下晡五點半，雄雄落來一陣兇狂雨，沃甲我身軀澹糊糊，目睭活活滴。

紅霞

行入老街的巷仔底，誠濟古早厝角、老壁牆，暴出羊齒蕨、刺查某。有幾若欉烏點鬼仔，佇野草中間，綴南風搖幌攄手。斡過牆仔角，閣有一群薄荷褫開翼股，親像欲飛過來。這是一條會予人迷戀，厚曲折，有神祕氣味的細條巷仔。

佇面冊熟似美雲已經三年矣！猶無見過本人。毋過相片頂頭看著的，彎彎的月眉，幼秀的鼻樑 (lîng)，拄夠水透紅清甜的喙脣，閣有，清 uainn-uainn 烏白分明的大目睭，誠是會勾人的神魂。三年來，朝陽逐暝面冊通訊，情話綿綿了後，電腦猶原毋甘關，半暝上便所，愛閣看美雲的相片。

朝陽來鹿港已經第三工矣！下暗就愛回轉恆春。伊蹛三工，大路小路，廟寺店頭，每一條巷道攏踅過，兩隻跤疼甲強欲蹓落，決心欲揣著心愛的人。

伊並無美雲的住址。干焦知影蹛

佇鹿港，一个誠濟古蹟、古早巷道，有歷史氣味的小鎮。美雲的住址、門牌號，就親像一个掩揜神祕的符號。美雲有當時仔，會鋪相片上面冊。徛佇牆仔邊，佇壁角、窗仔前、樹仔跤，不過總是無顯示店牌、門牌，抑是淺現的建築物。遮的相片，敢若佇一張尋寶圖頂頭的提示。

黃昏矣！天頂浮出薄薄仔一層紅霞，親像美雲的笑容，總是有薄薄的粉紅，伊無抹粉點胭脂。彼逝紅霞，是自然嬌，是天生麗質。

朝陽用手機仔的衛星導航，試過足濟所在。伊順海浴路的民宿一路揣去。天后宮、城隍廟、三山國王廟，閣踅輾轉去中山路另外一爿，寺廟誠濟，伊有時會入去拜拜祈求好運。

美雲佮伊會使講是一見鍾情。美雲減伊六歲，會共司奶，毋過有時嘛會表現甲誠成熟捌代誌，親像大姊，會消敨伊工作的鬱氣，人際上的生澀。伊共一切的一切，敢若破腹相見，全部倒予美雲聽。包括非常想欲結婚。

不而過，美雲總是推（the）講守寡的媽媽無允准，凡勢是驚一个人孤單無伴。若準來參囝婿踮做伙，嘛講踮慣勢矣，無愛離開老厝。按呢，敢是拍算欲予查某囝做老姑婆？

朝陽 T 大畢業，是高收入的機械工程師，公司佇高雄，對恆春通勤，參序大人踮做伙。伊按算若結婚，會使買厝踮高雄，各方面攏照顧會著。欲叫伊搬來鹿港，誠是非常困難。三年來困局難解，這逝來，拍算當面講清楚，順紲觀察環境，研究搬來鹿港

的可能性。

三十三歲爾爾，伊瘦梭閣有一點仔酥腰，比實際年齡老足濟。欲來進前，已經開三萬箍買一條金袚鍊。

佇欲暗仔，路燈著（tòh）起來的時陣，朝陽雄雄發現，行踏的巷道參面冊的相片誠仝，伊心頭呧噗愊，揣著矣！揣著矣！媽祖眞靈聖。

美雲看著我一定驚一趒，紲落共我攬咧哭，流出歡喜的目屎！

伊的跤步佮心跳仝款加速，來到一間有圍牆的老厝。雖然舊，有鹿港老街的文化氣味，這種氣味，朝陽誠佮意。

眞拄好，īnn-uainn 一聲，柴門拍開，一个圓面身腰諏浮（hàm-phùh），較臨六十外歲的 oo-bá-sáng 行出來。

「阿姆（a-ḿ）！」本底閉思的查埔人，這一聲卻是喝甲恭敬閣有力。

Oo-bá-sáng 攑頭，掠朝陽相一下仔，敢若驚著，面虯做一毬，閣兼掣咧掣咧。伊表情複雜，目頭結結，身軀軟苶苶撐佇門斗框。頭殼心一簇白毛，予路燈焙甲閃閃爍爍。

朝陽驚一趒。敢講阿姆遮爾仔排斥我？毋過想倒轉來，無張無持出現實在誠無禮貌。伊要緊扶阿姆入去厝內，予伊麗踮膨椅歇睏。

客廳的排設不止仔簡單，清幽。有膨椅、食飯桌、舊型柴櫥仔。

　　朝陽的目神停佇牆仔頂的一幅裝框的全身相片，穿藍底白點的洋裝，褪赤跤，倚佇海邊。

　　「美雲！」朝陽輕輕叫一聲，幸福甜蜜對目睭，對喙，對身軀流出來。

　　「阮查某囝啦！」Oo-bá-sáng 無力無力，頭殼頕落去。

　　「我知影！敢有佇咧？」

　　「伊死幾若年矣！」

　　一時陣，規个客廳靜 tsiauh-tsiauh，oo-bá-sáng 規个人蝹落膨椅角。

　　詳細觀察阿姆的五官，參美雲的鼻目喙有淡薄仔成。桌頂的電腦拄拍開，頂頭是美雲的相片。

　　朝陽面色青恂恂，提出袚鍊掛佇美雲相片的柴框頂面，用像殭屍的姿勢行出去。

　　紅霞已經落山矣！天邊烏烏暗暗，連一蕊雲都無。

●

　　朝陽透暝轉來恆春，伊的厝佇海角七號附近。電影中的戀情予伊感動，而且落尾有完滿的結局。伊看過幾若擺。

　　毋過伊的美雲，卻是一蕊虛幻的雲，個的愛情，是一場荒誕無可能結局的戲。彼應該是美雲過身進前留落來的面冊，阿姆為啥物欲按呢操作呢？是因為對查某囝的懷念，抑是家己無聊罔變（pìnn）？

　　伊刪除帳號，關掉面冊，咒誓無愛閣上網矣！這擺的刺激嶄然仔大，雖然毋是騙錢的戲齣，毋過愛著較慘死，伊對美雲的日思夜想，美夢煞是一場空。本底閉思無啥物朋友的朝陽，心情愈來愈鬱卒。

　　這一工，朝陽閣來海邊看浪花來來去去。伊穿佇面冊彼領烏黗紅的角格仔衫，經過一欉厚殼仔，趖過彎彎斡斡、坎坎坷坷的珊瑚石，行向船帆石。釘根佇珊瑚頂頭的海芙蓉，十冬二十冬，毋管海水按怎割，日頭按怎曝，原在遐爾堅心，攏無走閃。世間的愛情，按呢算上淒涼美麗矣！但是像伊，連欲堅定嘛無機會。

　　伊踏過尖利利的珊瑚石，毋驚割傷。伊行向正爿，閃過尼克森鼻頭的烏影。釣魚的中年人已經收工具離開矣。日頭強欲落山，天頂的紅霞鼻起來有臊味，色水像畫家孟克彼幅《吶喊》。朝陽雙手捂喙䫠大力喝咻，聲頭開盡磅，欲轉來歇岫的鳥隻煞閣回頭飛出去。

　　朝陽做一个堅定的拍算。伊直直行，直直行，想欲行過海水，行向紅霞內底，行向美雲當咧等伊的所在。

　　忽然間，佇伊的後面有人大聲叫，是一个姑娘瞪規身軀力，緊急的叫聲。

　　「朝陽！朝陽！緊轉來！」

　　朝陽神神，身魂本底已經走遠去矣，予喝一下煞精神起來。

　　伊越頭看。彼个姑娘穿藍色白點的洋裝，那喝那走倚來，跋倒隨閣距起來，向朝陽一直撋手。

「敢是美雲的靈魂來揣我？」

●

　　窮實美雲已經來恆春一個月矣！因爲無朝陽的住址，面冊也關掉，變成無地連絡，干焦知影佇海角七號附近。伊逐工四箍輾轉玲瑯踅，就是無搪著朝陽。今仔日想著來船帆石遮行行咧，暫且敨散一下仔心情，想袂到佇驚險的時刻共朝陽的魂叫轉來。伊已經俗媽媽參詳好矣，結婚了後做伙搬去高雄。伊閣講，欲來進前有祈求過鹿港的媽祖，眞正有保庇。

　　美雲共朝陽攬絚絚（lám-ân-ân），目屎流過開始笑。伊的笑神誠甜，兩爿喙顊浮出淺淺的紅霞。

大目降傳奇

講著明治三十九年春天發生的彼件代誌，真正誠稀奇。

彼日透早拄天光，一尾地龍就對打貓庄一直 bùn 過來。守護大目降的猛虎佇陷眠中間予伊吵精神，攑頭大喝一聲，一場幾若百多毋捌發生的龍爭虎鬥就開始矣。

個大戰三百回合，戰甲天昏地暗，飛砂走石，戰甲埤岸崩崩落去。規窟水煞洩落山跤，流過大目降街，落尾淹過三角湧的中心點，八卦蜘蛛穴。

八卦蜘蛛穴正正佇十字路口，向外延出去有八條路線，迵向各庄頭。蜘蛛精進前暝拄順其中一條線，掠來幾若个少年家，規眠床頭攏烏玫瑰的芳味。伊一暝戰數十輪回，忝甲當好睏，無疑悟予大水驚精神，衫嘛毋知穿就跖上樓尾頂。伊看向東北爿去，原來是一場龍虎鬥，戰甲難分難解。蜘蛛精一時也毋敢倚去，就暫且徛厝

頂看個相戰。

　　落尾遠方而來的土龍戰甲怦怦喘，有氣無力，大吼一聲，就旋走矣。毋過大水原在 uainn-uainn 流，三角湧閣親像會起湧。蜘蛛穴是 thōng 嚴重的受災戶，但是彼陣猶袂當共政府請補助，逐項愛家己來。

　　蜘蛛精平時做歹事，興食「小鮮肉」，閣會佇元宵暝帶動大目降的查某人起嬈花，四界硞硞傱，不過這回做一件好事。伊逐工去埤窟邊吐絲，有絲吐甲無絲，歇睏了閣來吐。按呢連續吐規半冬，才共埤岸的破空補好勢。

　　日本政府為著欲紀念伊，就佇埤仔邊倚一个石碑。

　　這个老阿伯歲頭拍算已經九十外，身材猶閣誠健丟，丹田有力，伊坐佇老街的店頭講故事。一群府城來的研究生圍規輾，聽甲耳仔覆覆，手頭的筆記寫袂離。這是個田野調查的功課。

　　老阿伯愈講愈有趣味，喙角全全泡。日頭咧欲落山矣，老阿伯頭 khián-khián，一道光焔過來，看著伊頷頸比人加倍粗，拍算捌予蜘蛛精揤過。

這站興趣植物，尤其野生的花草。

春天到矣！畫室頭前一群野草精神起來矣！

我特別注目著彼欉黃鵪菜。伊的羽形葉青綠綠，小黃花密朒朒，文文仔笑，閣兼會吐舌。

古錐的野花！我定定跔佇伊面頭前，看甲神神毋甘離開。

昨暝，我煞雄雄變做一欉黃鵪菜，徛踮路邊聽候媽祖出巡。聽講最近病毒生湠，出巡已經暫緩矣。我無清楚，因何家己會是一欉野草，閣兼佇遮戀戀仔等。

一觸久仔，慈悲的媽祖竟然遠遠行過來。

「稟告媽祖，我是古錐的野草。為啥物，號名會參鵪鶉仔有關係？講著這種鳥仔啊，無尾溜，行路閣圇㾀圇㾀。」

金面媽祖聽聲停步，用關愛的目神看過來。

「做人愛知足，做花草著惜福。看你葉仔青記記閣大 mi，花篙托懸懸，花蕊密密是，鶤鶉仔的名號有啥物！」

「毋管啦，我就是討厭鶤鶉仔。檢采鵁鴒（lāi-hiòrh）會較形威，若無，粉鳥嘛誠婿氣！」我像囡仔咧吵，規身軀搖搖幌幌。

金面媽聽了，面色反紅，轉嚴肅的口氣。

「看你年紀輕輕，生張單純秀氣，按怎講話會三角六耳。你無用黃鶤菜，嘛猶有山刈菜、一枝香、黃瓜菜、黃花菜、山飛龍、野芥蘭、野青菜、毛連連……一大堆名號通好用，莫閣強詞奪理，烏白花！」

「無公平！按呢我後世人無愛出世做花草！」我無聽伊苦勸，繼續花，閣倒落塗跤躼。

「愚痴！」紅面媽又變色，這陣是烏面媽矣。伊的長手裫捽一下，越頭離開。

我雄雄精神，規身軀凊汗，原來是一場怪夢。

天光矣！我開門去花園看覓，想袂到，黃鶤菜的身軀煞發出一支翼，單一支，是粉鳥的翼！早起的微風吹過來，花翼，菜翼，鳥翼，做一下 phiàt 咧 phiàt 咧！

流浪的皮

自從對愛河燈會轉來，22 號規個人攏變。伊逐時神神，手機仔攑牢牢，不時講電話。誠濟人客共經理反映。

「阿梅仔，你最近哪會頭事遲濟？穡頭做一半就走出去講規晡，時間錢欲按怎算？若毋是生做媠媠甜甜，一寡老顧客無你袂使，早就叫你轉去食家己矣！姦！」

經理檳榔 ngauh 咧 ngauh 咧，一喙紅灰準準呸落糞埽桶。

22 號攏無應伊，只是文文仔笑。一觸久仔，手機仔猶閣攑出來，崁佇耳仔，小香（hiunn）的身軀蝹踮剃頭椅頂頭，細細聲講電話。

「阿傑，我共你掛保證，閣一冬阮小弟畢業了，我就毋做啦。彼時陣，我就全心參你做伙矣，毋管按怎，袂閣離開你……阿傑，你愛聽我講，毋好掛電話……」22 號的聲音雄雄提懸，紲落手機仔囥咧，目屎滴落來。

　　22 號肉材誠好，面模仔誠順閣有酒窟仔，笑起來嬌滴滴。尤其伊的肩胛連尻脊白雪雪幼麵麵，起先逐家叫阿雪仔，毋過伊較愛人叫「阿梅」，梅是山頂清芳的白梅。幾若冬來，這間店足濟人客是為著伊來的。不而過，伊最近變相（piàn-siòng），講話袂司奶，有時閣會共人客起性地，經理一屑脬 gá-suh，已經暗中揣新人欲共換掉。

　　講著元宵拄過彼站，愛河辦燈會，鬧熱 tshih-tshih。阿梅拄好「大姨媽」來，請假兩工，就去踅踅咧。

　　足久無看著阿傑仔矣，伊有靈感佇這跡會無張持遇著。

　　阿傑仔是緣投的少年家，皮膚有較烏，唱歌時陣表情姿勢親像美國烏人歌手 Chris Brown，阿梅仔有時會叫伊阿朗。

　　毋過真正足久無看著阿傑矣。伊影過各種動物造型的花燈，只是無一隻有故鄉的氣味。彼野生的山豬、山兔、羌仔傱來傱去，伊捌佮阿傑仔攑獵銃去逐過。

　　伊閣對皮包仔提出一塊較臨一尺的茄苳樹皮，共隔壁的 88 號講：

　　「中央的大字是我愛你，正爿我的名，倒爿阿傑仔的名，攏用 Bunun 族的話寫的，恁攏看無。」

　　伊一直強調，彼一工拄好二月二二，這塊樹皮是佇愛河撈起來的。

　　規內底的小姐攏走來看，頭殼幌咧咧攏閣轉去魆咧。

　　「這塊皮是對楠梓仙溪，流入荖濃溪，閣越去高屏溪，經過幾若冬，才流浪來到愛河。頂頭有刻阮愛的誓言，伊佇遮出現，代表阿傑仔也來高雄矣。」

　　逐家小姐目睭展大蕊，毋相信。阿梅仔閣講，伊跋桮過，是按呢無毋著。

　　想袂到，彼个阿傑仔毋知對佗發（puh）出來，過無偌久，真正敲電話來矣。

　　聽講，阿傑仔真怨嘆參伊山盟海誓過的阿梅仔，反背約束，走來高雄上班，尤其是這間剃頭店有咧做烏的。毋過阿梅講伊嘛是姑不而將。個兜大口灶，阿爸是老芋仔，幾若冬前跋落溪底摔死矣，Bunun 族的阿母欲飼一堆囡仔，日子過甲誠忝。本底幾若區小米田生產的酒價數（siàu）袂穤，但是這馬平地人流行用秫米（tsut-bí）假小米，包裝甲誠婧，顛倒較貴閣較好賣。個日子愈來愈歹過，雖然三民改做那瑪夏，嘛是無變步，袂擋得平地人的奸巧。

　　有一站，買賣人口的販仔來咧試探，阿梅仔佇後壁偷聽著。伊誠疼惜小妹，參阿母理論幾若暝。小妹才十五歲。

　　「阿母，欲趁就我來去市內趁，毋通誤小妹一世人。」

　　就按呢，十八歲的阿梅離開故鄉來到繁華的都市，伊的名字變做一个號碼，22。

　　伊佇理容院上班，雖然逐時予人客做馬仔騎，泹來泹去，

母過趁錢誠緊，寄金簿仔連鞭有幾若十萬存款，紲落規家伙仔攏靠伊食穿，小弟讀高中、大學的註冊錢攏無問題。不而過，心頭一个影一直無法度消失，就是愛人阿傑仔，彼个親像 Chris Brown 的緣投少年家。

起先，阿傑仔三不五時會來市內看伊。紮一寡山豬肉、小米酒、脆梅予伊。母過有一擺欲招轉去參加拍耳祭，伊講無閒。閣有一回看伊參一个人客攬牢牢上計程仔，連越頭看一下都無。阿傑仔就毋捌閣來矣。本底閣有敲電話，落尾嘛無去矣。

「我已經無咧做烏的，是純掠龍爾爾，你愛相信我，阿傑仔……」22 號一直佇電話中辯解，講甲欲吼欲吼。

經理倚佇櫃台邊仔，聽甲當袂牢，「姦！姦！」聲兩聲閣呸一喙檳榔汁，煞噴著家己的淺拖仔。

其實自從阿傑無聯絡了後，阿梅仔已經沓沓仔共放袂記得。這當中，有一个四十外歲的紳士人，生做飄撇，喙脣頂一尾龍，目睭會轉輪，講話誠笑詼。聽講做過議員，這陣是貿易商。

阿梅仔對這个龍哥真有好感，親像佇溪流中浮浮搖搖的心閣揤著一枝大杉。伊真緊就墜入愛河，逐時佮龍哥出場，糖甘蜜甜，就像山地公主去配著市內的王子。紲落個跤踮愛河附近租一間公寓同居。

母過，龍哥是有某有囝的。個某來鬧幾若擺，攏予龍哥共喝倒轉去，「恬恬！袂使影響翁婿的名聲佮地位。」

　　龍哥定定共阿梅仔講等伊這回選舉了咧，定著欲交 (kiau) 彼个瘖查某離婚，通好娶你。阿梅聽甲耳仔覆覆，逐時共同事品。

　　想袂到，交往都無半冬咧，阿梅仔一寡粒積煞予龍哥矗了了，閣兼辦信用卡借錢予周轉。伊攏講土地足濟只是欠現金，阿梅嘛信信。落尾這个觫通仔喙，走甲無看影，電話攏空號，聽講走路矣！

　　阿梅仔人財兩失，吼幾落工。經理也姦撟幾若工。

　　「姦！掠龍煞掠甲予龍掠去。戇查某！姦！來遮趁錢，閣參人咧跋真感情，戇查某！戇查某！」

　　傷心一站仔了後，阿梅仔閣想起過去的愛人阿傑仔。伊一直敲電話，毋過手機仔彼頭講你敲毋著矣，厝的電話攏是空號。

　　這擺，阿傑仔主動敲電話來矣！誠好，22 號，阿梅仔閣親像回轉去青春少女時期。不而過，若聽伊電話中應話的情形，阿傑仔敢若對伊猶充滿怨感佮無信任。

　　阿梅仔定定神神，逐時講電話，經理已經接載袂牢，按算這个月尾就欲共辭掉。

　　毋過猶無到月尾，阿梅仔就無來上班矣。一禮拜過去，嘛無看著人，電話攏無人接。逐家咧臆，予愛人阿傑仔扷走矣！

　　到甲有一工，理容院的人客佇樓頂房間辦事了落來，共躼椅頂的一排小姐報一个最近發生的大代誌：

「足恐怖！頂幾工仔，愛河頂頭雄雄浮出一具死體。聽講是一個查某囡仔，身軀倒仆，尻脊骿白雪雪，屍斑一蕊一蕊閣足像白色的梅花。」

一陣人 kī-kī-kiàu-kiàu 會甲大細聲，經理拄好開門入來。

「是 22 號啦！唉，唉，戇查某！戇查某！」經理這擺無呸檳榔汁，也無姦撟，只是目箍紅紅，一直吐大氣。

無偌久，阿梅的阿母走來認屍，紲落去派出所做筆錄。理容院的經理佮幾若个小姐也同時予調去問。個嫌疑這起事有他殺的可能性。

「黃經理，聽講秀梅小姐最近一個月來，定定參一個查埔人咧講電話，你敢知影伊叫啥名字？」警員目睭金金看向經理。

經理檳榔 ngauh 咧 ngauh 咧，頭殼心流清汗。Thōng 煩惱的是牽著這件，恐驚連妨害風化也順紲共辦落去。伊頓一觸久仔，考慮欲按怎應才好。

「這，我知啦！」徛佇邊仔的 88 號雄雄抑倚來。「叫做阿傑仔，是伊較早佇那瑪夏部落的愛人啦！」伊若像無看著經理咧共睨（gîn），閣一直講落去。

「逐工講電話，講甲予經理罵。彼个阿傑仔啊，若像對 22 號誠無諒解，足怨嘆的，哎，阮這種上班查某，真正歹命喲！」88 號那講那使目尾，尻川頓閣蹺一个，彼个少年警員煞頭殼越過，歹勢看伊。

「Oo-bá-sáng，你敢知影阿傑仔這馬佇佗位？阮即時愛揣伊來問。」

警察換越過來阿梅的阿母遮。

個阿母徛起來，bì-lù 肚托踮桌邊，一開喙，規槽喙齒紅記記。

「大人啊，阿傑仔伊……伊……」

頓一下，吞一喙瀾，才閣講紲落去。

「伊佇幾若冬前，莫拉克風颱崩山彼一暝，就崁落塗跤底，揣無身屍矣！」

「啊……」經理佮小姐逐家喙仔開開，目睭展足大蕊，攏愣去。

皺皮水雞

　　伊的外號叫做黃昏。因為自大學時代，同學就發現伊的目睭沙微沙微，透早起床就親像夕陽。不而過，這粒夕陽掛佇水面足久足久矣，一直無沉落。而且過了半世紀，煞開始數想欲做詩人。

　　有一工黃昏來到大目降的虎頭埤。伊順埤邊踅過去，頭起先拄著一个白 phau-phau 的姑娘牽一隻白雪雪的貴賓狗，文文仔笑，毋過無欲插夕陽金金相的眼神。閣來有一个縛毛尾仔穿兵仔衫的查某囡仔，走甲怦怦喘，看起來是附近營地的女兵。落尾看著的是一个體格武腩誠有形威的中年人，伊的跤步碰碰叫，親像咧地動，看起來是營地的長官。

　　黃昏繼續行落去，一簇一簇的花草隨風的節奏搖搖擺擺，只是天色愈暗霧矣，花形花色攏看袂清楚。紅的變烏點，白的變碚碚，黃的變塗色。較特殊的是遠遠規棚的大鄧伯花，佇光 phiang-phiang 的路燈跤，茄仔

色煞轉做鵝黃色。

　　黃昏行過一排誠脹跤的尤加利，個的形影攄入水底，伸向深沉神祕的所在，一直落去落去，敢若彼个所在是龍宮。

　　黃昏來到吊橋，規揩的小燈閃閃爍爍。伊踮橋頭的石椅小歇睏，吊橋掠一个角度，竄向天頂。月娘猶未來，吊橋、埤水、遠遠相過來的彼粒虎頭，逐家攏恬恬咧等待。

　　黃昏雄雄聽著橋跤 kȯk-kȯk 叫，看過去，恍恍有一个人佇遐釣魚。伊行倚去看，是一个頭毛喙鬚白的老阿伯。不過伊母是釣魚，是釣水雞。規籠的水雞佇內底踮踮跳，kȯk-kȯk 叫。黃昏使目尾 bih 一下，逐隻都健丟健丟，烏殕烏殕，金滑滑。

　　黃昏坐落來開講，發見老阿伯原來是一个詩人。老阿伯聽講黃昏也有興趣，釣竿园咧，就開始吟伊家己作的詩。吟詩的時陣，籠仔內的水雞愈叫愈大聲，而且敢若綴詩句的節奏咧跳舞。

　　頭一首是吟〈虎頭倒影〉：
　　「虎頭凝紫日西斜，倒印嵐光落水崖；隔岸遙窺清醮裡，分明樹上躍魚蝦。」
　　紲落吟第二首〈虎溪釣月〉：
　　「月正移時竿正斜，夜深溪上月梭花；垂綸十丈波如鏡，未減寒江雪景誇。」

　　老阿伯吟第二首當中，閣共釣竿捽落水面。吟啊吟，竟然真

正釣著月娘，閣共幌上天頂。一粒一粒的天星也走倚來，愈來愈濟，變成一條美麗的銀河。黃昏看甲愣愣神神，不知不覺睏去。

　　黃昏醒起來，已經是隔轉工矣。老阿伯早就離開去，一跤竹籠仔原在佇水邊。伊行倚去，內底傳出來的毋是 kȯk-kȯk 叫，已經變做 lē-lē 叫，若像機械咧紡的聲音。黃昏規籠攏共倒出來看覓，俺娘喂，逐隻紅記記，閣兼皮皺皺。個一隻一隻真緊跳落水，走甲無影無蹤。

　　黃昏共籠仔紮咧，回頭行倒出來。行到出口的所在，彼个白 phau-phau 幼麵麵的姑娘予一个腹肚 làm-làm 面圓輾輾的老歲仔牽牢咧，誠像一隻貴賓狗。伊這擺有用目尾捽一个，毋過黃昏已經無掠伊金金相。紲落看著彼个縛毛尾仔的查某囡仔坐佇樹仔跤歇睏，彼个武脈有形威的中年人閣佇彼爿走來矣。伊看著查某囡仔，雄雄跤步擋定，誠恭敬共查某囡仔行一个禮，「連長好！」

　　足濟代誌真是予人料想袂到啊，黃昏加緊跤步來到門口，彼間「休憩所」已經關門歇睏。伊徛定定看向頂頭，本底烏金烏金的厝蓋已經換做紅記記的琉璃瓦矣！彼个色緻，竟然佮皺皮水雞仝款！黃昏雄雄驚一趒，心肝煞跳出來，落對百外多前深不可測的水底去。

附錄
作品著獎、發表紀錄

篇名	著獎紀錄	發表時間佮刊物
台灣維基：選舉虎	2017 年台文戰線文學獎 台語短篇小說首獎	《台文戰線》45 期，2017
地獄谷	2019 年台南文學獎 台語小說首獎	《台江台語文學》33 期，2020 《台文戰線》58 期，2020
阿猴	2020 年台灣文學獎 台語小說創作入圍	《台文戰線》65 期，2022
喙瀾	2020 年雲林文化藝術獎 小說類第二名	《台文戰線》61 期，2021
捐壁鬼	2017 年台灣文學獎 台語小說創作入圍	《台江台語文學》36 期，2020
雙眼	2018 年教育部閩客文學獎 社會組小說首獎	《台文戰線》51 期，2018
貓霧光	2016 年台南文學獎 台語小說佳作	《台文戰線》44 期，2016
筆管十字架		《台江台語文學》38 期，2021
福州伯仔		《台文戰線》46 期，2017
歹星仔		《台文戰線》49 期，2018
皺皮水雞		《台江台語文學》26 期，2018
發翼		《台文戰線》58 期，2020

國家圖書館出版品預行編目 (CIP) 資料

地獄谷：台語小說集/王羅蜜多著. -- 初版. --
臺北市：前衛出版社, 2022.04
　　面；　公分
ISBN 978-626-7076-23-1（平裝）

863.57　　　　　　　　　　　111004790

地獄谷 台語小說集

作　　　者	王羅蜜多
責任編輯	鄭清鴻
封面設計	朱疋
美術編輯	李偉涵
台文校對	賴昭男

出 版 者　前衛出版社
　　　　　地址：104056 台北市中山區農安街 153 號 4 樓之 3
　　　　　電話：02-25865708｜傳真：02-25863758
　　　　　郵撥帳號：05625551
　　　　　購書・業務信箱：a4791@ms15.hinet.net
　　　　　投稿・代理信箱：avanguardbook@gmail.com
　　　　　官方網站：http://www.avanguard.com.tw
出版總監　林文欽
法律顧問　陽光百合律師事務所
總 經 銷　紅螞蟻圖書有限公司
　　　　　地址：114066 台北市內湖區舊宗路二段 121 巷 19 號
　　　　　電話：02-27953656｜傳真：02-27954100

出版補助　　國|藝|會
　　　　　　NCAF

出版日期　2022 年 4 月初版一刷
定　　價　新台幣 320 元
Ｉ Ｓ Ｂ Ｎ　978-626-7076-23-1（平裝）
Ｅ-ＩＳＢＮ　978-626-7076-24-8（PDF）
　　　　　　978-626-7076-25-5（EPUB）